Karl Richard Lindscheid

Fantaisie

Roman

AF206825

Karl Richard Lindscheid

Fantaisie

Roman

Bibliografische Information der Deutschen
Nationalbibliothek:
Die Deutsche Nationalbibliothek verzeichnet diese Publikation
in der Deutschen Nationalbibliografie; detaillierte
bibliografische Daten sind im Internet unter http://dnd-dnb.de
abrufbar.

©2017 Karl Richard Lindscheid
Herstellung und Verlag: BoD - Books on Demand, Norderstedt
ISBN 9 783744 815192

Widmung

Für Annette – natürlich

Die Rockies

Sie drückte sich an ihn heran und er legte seinen Arm um ihre Schulter. „Es war wunderschön. Und jetzt werde ich ein wenig in Deinem Arm kuscheln."

„Ja", brummte er wohlig zurück.

„Du warst noch zärtlicher als sonst."

„Wie Du meinst. Das wird an der Landschaft liegen, die Rockies machen eben sinnlich."

Sie erhob ihren Oberkörper und drückte ihm einen Kuss auf die Lippen. „Mikhail, ich glaube, es war eine gute Idee, diese Reise zu machen."

„Ja, das war es. Und es war auch eine gute Idee, Dich vor zehn Jahren zu heiraten, eine sehr gute natürlich. Aber ich kann kaum glauben, dass die anderen da unten im Gastraum sitzen und diskutieren oder in die Displays ihrer Fotoapparate schauen."

„Die wissen eben nicht, was schön ist." Claudia wiederholte ihren Kuss.

„Wie sollten sie auch? Wer kann mit seiner Frau so zufrieden wie ich im Bett liegen? Ich fühle mich wie ein Glückspilz."

„Ich mich auch."

„Darüber hinaus finde ich unsere Reise ungemein anregend. Erinnerst Du Dich noch an den Blick auf den Athabasca Glacier? Wann war es, vorgestern oder einen Tag davor? Die Reise hast Du wirklich gut ausgesucht. Karibus haben wir schon gesehen, vielleicht kommt uns ja auch noch ein Wolf oder ein Bär vor das Fernglas. Eigentlich hatte ich ja gewisse Manschetten vor einer Gruppenreise, aber die hast Du ja zerstreuen können. Was hast Du seinerzeit gesagt? ‚In Deinem Beruf hast Du es mit höchstqualifizierten, aber auch manchmal maximal schwierigen Menschen zu tun, und hier schrecken Dich fünf oder sechs normale Bürger.' Damit hast Du es auf den Punkt gebracht." Mikhail lachte.

„Keine Wölfe hier, keine Bären, nur wir", sagte jetzt Claudia. Sie schwiegen eine Weile. Dann ergriff Claudia das Wort: „Professor Mikhail Ristau, das hört sich für mich noch immer so unwirklich an. Eine richtige Professur, eine Lebensstellung mit Pensionsansprüchen. Verdient hast Du sie schon seit Jahren. Aber zweimal haben Sie Dich übergangen."

„Denk nicht weiter darüber nach. Als Russe hast Du es in der Klavierbranche einfacher. So etwas lässt sich besser vermarkten. Da denkt man sofort an die Konservatorien von Moskau und St. Petersburg. Ich war zwar auch in Moskau auf dem Konservatorium mit einer brutal guten Ausbildung im wahrsten Sinne des Wortes und habe einen russisch klingenden Vornamen, aber ich denke, durch meine ostdeutsche Vergangenheit doch einen gewissen Standortnachteil. Aber noch mal: Denk nicht darüber nach. Es hat geklappt und damit basta. Wenn Du allerdings zu Hause zu mir ‚Professor' sagst, werde ich sehr, sehr ungemütlich werden." Mikhail streichelte seiner Frau über das Haar.

„Ja, Herr Professor, selbstverständlich Herr Professor." Claudia unterdrückte ein Lachen.

„Um noch einmal auf meine späte Professur zurück-zukommen: In mir ist keine Bitterkeit, überhaupt nicht. Ich werde weniger Zeit am Klavier verbringen können und mehr mit Verwaltungsarbeiten beschäftigt sein. Das ist die Kehrseite der Medaille. Aber das ist für mich im Augenblick weit weg, auch der Konzertabend in Freiburg. Schade ist nur, dass Deine Redaktion aufgelöst worden ist und Du jetzt nur noch freie Mitarbeiterin bist, also nur noch von Fall zu Fall bezahlt wirst."

„Alles hat zwei Seiten", sagte Claudia. „Wäre ich nicht Journalistin geworden, hätten wir uns nicht kennengelernt. Ich kann mich noch gut erinnern: Da gab ein noch unbekannter Pianist in Köln einen Klavierabend, ein Rezital, und hatte ein

Programm, das im Grunde für das Publikum eine ungeheure Provokation darstellte: Erst die Impromptus von Schubert aus dem ersten Heft, dann die c-Moll-Sonate von Beethoven, die mit der Arietta, und nach der Pause die G-Dur-Sonate von Schubert. Man stelle sich vor: Diese Beethoven-Sonate nicht am Schluss, sondern noch vor einer Schubert-Sonate! Als ich das Programmheft las, konnte ich diese Zusammenstellung auch nicht verstehen, nachdem ich das Konzert gehört hatte, war mir vieles klarer, und nachdem ich den Künstler, nennen wir ihn mal M.R., interviewt hatte, wusste ich, dass es gar keine andere Möglichkeit gab."

„Keine andere Möglichkeit, da hast Du recht." Mikhail strich ihr wieder über das Haar. „Dieser Klavierabend hat mein Leben verändert."

„Unser beider Leben."

„Ja, natürlich."

„Sag mal, Claudia, schläfst Du noch?" Mikhail schlug die Augen auf.

„Ich döse noch ein wenig."

„Ich habe mir Folgendes überlegt: Ich werde dem alten Dr. Krämer ein paar Klavierstunden mehr geben; im Augenblick kommt er ja nur alle zwei Wochen und er würde gerne jede Woche kommen. Er spielt zwar nicht besonders gut und das Piano-Spiel hat er auch nicht gerade erfunden, aber er liebt die Musik, er spricht auch gerne darüber und auf das Honorar kommt es ihm auch nicht an. Das würde Deinen Minderverdienst zum Teil ausgleichen."

„Du bist lieb zu mir, aber wir sind jetzt im Urlaub."

„Und das Zweite ist: Ich glaube, für ein gutes Schubert-Spiel muss ich die Schüler eher abholen, sie also in früheren Phasen des Studiums schon an Schubert heranführen. Stell Dir vor, ich werde die Impromptus und die Moments musicaux als

Einführung nehmen. Da ist viel von Schuberts Musik und seiner Kompositionstechnik drin. Wenn man die einmal durchschaut hat, kann man sich später viel leichter seinen großen Sonaten nähern."

„Mikhail", mahnte Claudia erneut. „Ich weiß, Du bist großzügig und begeisterungsfähig, aber Du bist im Urlaub. Vergiss das nicht." Sie zog die Bettdecke zurück und betrachtete seinen Bauch. „Kein Gramm Speck."

Mikhail streichelte ihre Brust. „Habe ich Dir eigentlich schon gesagt, wie schön Du bist?

„Ich glaube, zuletzt vor drei Wochen."

„Und davor?"

„Ich denke mal, weitere zwei Wochen zurück. Aber wenn ein so kompetenter Klaviervirtuose und -pädagoge das sagt, muss da ja was dran sein." Sie schmiegte sich an ihn.

„Sag mal, was machst Du da?"

„Ich knabbere an Deinem Ohr."

„Wie soll ich zärtlich sein, wenn Du mein Ohr ruinierst?"

Freiburg

Sie waren mit der Höllentalbahn nach Hinterzarten gefahren und hatten dort eine Wanderung gemacht, die auf dem Rundwanderweg durch das Hochmoor endete. Ein spätes Kaffeetrinken in Hinterzarten und dann wieder zurück nach Freiburg. Sie waren über die Gerberau bis zum Münster gegangen und hatten eigentlich vorgehabt, in einem der zahlreichen Lokale angesichts des Münsters im Freien etwas zu trinken und danach noch ein wenig durch Freiburg zu schlendern. Aber jetzt hatte es zu regnen begonnen. Claudia hatte sich bei Mikhail untergehakt. „So richtig gemütlich ist es doch nicht mehr. Ich bin froh, dass wir Regensachen tragen. Haben wir eigentlich noch Regenschirme im Rucksack?"

„Nein", sagte Mikhail. „Ich meinte, heute Morgen an alles gedacht zu haben. Aber ich habe nur die Thermoskanne und die Brote eingepackt, nicht die Schirme. Die hängen da, wo sie hingehören: in Ihringen an der Garderobe."

„Macht nichts", sagte Claudia, „nach meiner Schätzung dürfte es bis zum Bahnhof nicht mehr weit sein."

„Vielleicht fünf- oder siebenhundert Meter. Gleich nach rechts, an der nächsten Kreuzung nach links und dann kannst Du den Bahnhof schon vor Dir sehen. Bist Du in Eile?"

„Überhaupt nicht. Wir haben schließlich Ferien." Claudia lachte. „Wir lassen uns einfach treiben. Was ist das für ein Gebäude auf der rechten Seite?"

„Das dürfte zur Uni gehören. Die Bibliothek ist auf der anderen Straßenseite. Ich tippe mal auf ein Verwaltungsgebäude."

„Kannst Du mit dem Spruch über dem Eingangsportal etwas anfangen?", fragte Claudia. Da steht: „Und die Wahrheit wird Euch frei machen."

„Sicher kenne ich den Spruch", sagte Mikhail, „aber ich kann ihn im Augenblick nicht sicher zuordnen. Ich denke in erster

Linie an Jesaja, aber wahrscheinlich fällt es mir gleich spontan ein."

„Wann geht der Zug?"

„Am Abend einmal die Stunde, immer siebenunddreißig nach der vollen Stunde. Sollen wir noch ein Bier trinken gehen? Ich kenne da ein wirklich gemütliches Lokal mitten im Bahnhof. Da gibt es Weizenbier vom Fass, sehr gepflegt."

„Warum nicht? Aber ich sehe da vorn einen Drogerie-Markt, da möchte ich vor dem Bier noch hinein."

„Fehlt etwas?", fragte Mikhail.

„Bei dem Regen und der Kapuze über den Haaren sollte ich noch Haarfestiger kaufen. Immerhin möchte ich Dir einen schönen Anblick verschaffen." Sie drückte seinen Arm.

„Habe ich Dir zu viel versprochen?" Mikhail hob sein Glas. „Man rechnet doch nicht damit, dass eine Bahnhofskneipe so behaglich ist und ein so gutes Bier anbietet."

„Eine gute Idee von Dir." Claudia hob ihr Glas.

„Weißt Du, ich kenne diese Bar, wie sie sich nennt. Ich hatte Dir von meinem Klavierabend erzählt, irgendwann im Herbst, nach unserem Urlaub in den Rockies."

Claudia nickte.

„Du erinnerst Dich, erst die D-Dur-Sonate und nach der Pause die große B-Dur-Sonate. Ich hatte mein Bestes gegeben und ich meinte, der vierte Satz der B-Dur-Sonate wäre mir wirklich gut gelungen, und das meine ich selten, aber der Beifall war eher verhalten. Eine Zugabe nur, und dann war es das. Ich war konsterniert, ich musste herunterkommen. Der Gedanke an eine schlaflose Nacht in einem dieser öden Einheitszimmer im Hotel peinigte mich. Ich trieb mich planlos in der Altstadt herum und landete schließlich hier in dieser Bar, die haben bis zwei Uhr morgens auf. Ich gebe zu, es ist an jenem Abend beziehungsweise Morgen nicht bei einem

Weizenbier geblieben, aber ich habe mich nicht volllaufen lassen. Normalerweise lese ich keine Kritiken über meine Konzerte. Deswegen habe ich Dir auch nur bis zu dem Beifall erzählt.

Aber einige Wochen später kam ein Kollege auf mich zu und zeigte mir zwei Artikel. Der eine war aus der Badischen Zeitung, der andere aus der Frankfurter Allgemeinen. In der Badischen Zeitung schrieb der Journalist: ‚Manchmal tröstend und zart, manchmal tiefschürfend und beklemmend.‘ Das Publikum wäre so mitgenommen gewesen, dass es kaum zu applaudieren gewagt hätte. Und der Rezensent der Frankfurter drückte sich ähnlich aus: ‚Eine Sternstunde des Schubert-Spiels‘. Sicher ist das alles Quatsch, diese Presseheinis schreiben ja manchmal viel Merkwürdiges, aber der Kollege, der mir die Presseartikel sogar noch kopiert hatte – es war der alte Ivanovic, Du weißt, der Klarinettist – , klopfte mir leicht auf die Schulter und sagte mir sinngemäß, das hätte ich verdient. ‚Sonst hört man doch nur diese widerwärtigen Narzissten‘, sagte er, und dann war er weg.“

„Der alte Ivanovic.“ Mikhail schüttelte den Kopf. „Immer geradeheraus und unbeirrbar. Ich weiß noch, wie er das dritte Klarinettenkonzert von Louis Spohr gespielt hat – technisch ungemein anspruchsvoll und musikalisch sehr gehaltvoll – und dann verrissen wurde. Wie man Louis Spohr geben könnte, der wäre doch von gestern, wenn nicht von vorgestern. Spohr ist nun einmal nicht en vogue. Ich weiß auch, wie stark er sich für Jörg Widmann eingesetzt hat, den Komponisten und Klarinettisten; sicher schon zehn Jahre eher, als es Daniel Barenboim getan hat, aber was erzähle ich.“ Mikhail hob erneut sein Glas. „Auf unser Wohl. Letztes Jahr die Rockies und jetzt Schwarzwald und Kaiserstuhl. Eigentlich ist unser Leben schön."

Auch Claudia hob ihr Glas. „Sehr schön."

Mikhail setzte sein Glas ab. „Da ich leider die Bahnhofsuhr im Blick habe, würde ich vorschlagen, dass wir langsam austrinken, bezahlen und in aller Ruhe zum Bahnsteig gehen. Der Zug geht in zwölf Minuten. Du sitzt ja mit dem Blick auf den Tresen. Vielleicht könntest Du der Bedienung ein Handzeichen geben."

„Sicher", sagte Claudia, nahm Blickkontakt mit der Bedienung auf und hob die Hand. „Zahlen, bitte."

„Zwei Weizenbier vom Fass, das macht sieben Euro vierzig. War es denn recht?" Der Bedienung, einer jungen blondgefärbten Frau mit zahlreichen Tätowierungen auf den Armen, schien ihr Job sichtlich Spaß zu machen.

„Sehr", sagte Mikhail und legte eine Zehn-Euro-Note auf den Tisch: „Acht".

„Zwei Euro zurück und Dankeschön. Dann wünsche ich noch eine schöne Reise."

„Auch vielen Dank." Mikhail stand auf und setzte sich den Rucksack auf die Schultern. Er fragte Claudia, nachdem die Bedienung sich entfernt hatte: „Warum, meinst Du, hat die Bedienung uns eine schöne Reise gewünscht?"

„Na, sehen wir etwa so aus wie klassische Besucher einer Bar, mit Rucksack und Regenjacken?", gab Claudia zurück. Sie hakte sich mit ihrem Arm bei Mikhail unter. „Das ist Dir doch recht?"

„Sicher, natürlich."

„Von welchem Gleis geht der Zug?"

„Von Gleis 5. Wir können die Rolltreppe nehmen."

Die Rolltreppe quietschte etwas. „Mikhail, hast Du die Fotokopien dieser Artikel noch?"

„Ich habe sie abgeheftet in dem Ordner ‚Konzertagentur'. Warum fragst Du?"

„Ich bin so gerne stolz auf Dich."

„Ach, Du kennst mich doch. Lob macht mir immer Angst."

Sie erreichten den Bahnsteig und stiegen in den Zug ein, zwei aneinandergehängte Waggons, knapp größer als eine Straßenbahn.

„Schau mal, da ist noch ein ganzer Vierer frei. Wie schön, da können wir in Fahrtrichtung sitzen." Mikhail nahm den Rucksack von den Schultern. „Du am Fenster, ich am Gang?"

„Gute Idee." Claudia nahm am Fenster Platz und Mikhail am Gang.

„Ich glaube nicht, dass es sinnvoll ist, den Rucksack auf die Sitze gegenüber zu legen." Mikhail nahm seinen Rucksack auf die Knie. „Ich gehe mal davon aus, dass der Zug, wenn er in fünf Minuten losfährt, proppevoll sein wird."

„Ist hier noch frei?" Ein junges Paar stand an dem Vierer, in dem Claudia und Mikhail saßen.

„Natürlich", sagte Claudia. „Das ist ein öffentlicher Zug. Setzen Sie sich."

Mikhail musterte das Paar, welches ihnen gegenüber Platz genommen hatte. Die beiden sahen ein wenig schräg aus. Sie, ein junges Mädchen, hatte ihre Haare mit einer Farbe oder Henna leuchtend orange gefärbt und war an Unterlippe und Nase gepierct. Der junge Mann neben ihr hatte zwar kein Piercing, aber war kahlrasiert und trug in der Mitte des Schädels von vorn nach hinten eine Art Hahnenkamm, dessen Spitzen grün leuchteten. Aber abgesehen von den Äußerlichkeiten hatte jeder für sich ein wirklich nettes Gesicht und die beiden gingen liebevoll und zärtlich miteinander um.

Mikhail wandte sich an Claudia. „Jetzt habe ich das mit dem Bibelspruch an dem Uni-Gebäude wieder präsent. Ich war wohl gerade durch meine Erinnerungen an Freiburg im letzten Herbst etwas blockiert. Es tut mir leid, er ist nicht von Jesaja." „Wie furchtbar." Claudia lächelte.

Mikhail fuhr fort: „Er stammt aus dem Johannes-Evangelium. ‚Wenn ihr bleiben werdet an meiner Rede, so seid ihr in Wahrheit meine Jünger, und ihr werdet die Wahrheit erkennen und die Wahrheit wird euch freimachen.' Das ist die alte Luther-Fassung. In der Zürcher Bibel heißt es sinngemäß: ‚Wenn ihr bei meinem Worte bleibt...'. Ich persönlich finde die Sprache Luthers am schönsten, so archaisch, so musikalisch; aber wahrscheinlich liegt es daran, dass ich diese Fassung am längsten kenne."

„Was Du plötzlich aus dem Hut zaubern kannst", sagte Claudia, „unglaublich".

Ein Gong ertönte und „Freiburg West" wurde ausgerufen.

„Na ja", meinte Mikhail, „in dem Arbeiter- und Bauernstaat, in dem ich aufgewachsen bin, gab es nicht nur die Jugendweihe, sondern auch Konfirmationsunterricht."

„Sind Sie Pastor oder Priester?", mischte sich jetzt das Mädchen in die Unterhaltung ein, indem sie sich vorbeugte und die Stimme senkte.

„Nein", sagte Mikhail, ebenfalls mit gedämpfter Stimme.

„Aber Sie haben Ahnung von Gott?"

„Ich würde mal sagen, ich habe einen ganz guten Draht zu ihm", sagte Mikhail.

„WIr haben uns gerade unterhalten", sagte das Mädchen. „Wir wollen schon lange heiraten, aber das geht nicht. Unsere Eltern haben etwas dagegen, sie hetzen gegenseitig gegen den anderen von uns. Würden wir heiraten, dann würden alle Eltern sämtliche Zahlungen an uns einstellen."

„Das ist nicht schön", sagte Mikhail, „ich finde, das gehört sich nicht."

„Wir wollen heiraten, aber so, dass es nicht amtlich ist, nur für uns."

„Und vor Gott", ergänzte Mikhail.

„Ja, genau so." Der junge Mann mit dem grünen Hahnenkamm ergriff das Wort.

„Es ist Euch ernst, das merke ich. Ihr habt Euch das wahrscheinlich wirklich gut überlegt und ich finde schön, was Ihr tun wollt." Mikhail sprach langsam. „Aber ich bin kein Geistlicher, der eine Trauung vollziehen darf." Er machte eine Pause. „Wie alt seid Ihr denn?"

„Neunzehn", sagte das Mädchen und „einundzwanzig" der junge Mann."

„Wie lange kennt Ihr Euch?"

„Schon seit der Schulzeit", sagte das Mädchen.

„Ringe werdet Ihr wohl nicht haben." Mikhail fand zwar, dass das „Du" nicht angemessen war, aber er beließ es bei dieser Anrede.

„Sicher", sagte das Mädchen und streckte ihre linke Hand vor. „Goldene Verlobungsringe. Seit einem halben Jahr. Aber wir tragen sie nur dann, wenn uns keiner sieht, der petzen könnte."

„Wie heißt Ihr", fragte Mikhail.

„Hannah", sagte das Mädchen, „und mein zukünftiger Mann heißt Jonas."

Mikhail stand auf, legte den Rucksack auf seinen Sitz und zog den Reißverschluss seiner Regenjacke zu.

„Steht auf", sagte er und machte den beiden und seiner Frau ein Zeichen und, als alle sich erhoben hatten: „Wir sind jetzt hier in dem Zug von Freiburg Hauptbahnhof nach Breisach versammelt, weil Ihr beide für Euch und vor Gott den Bund der Ehe schließen wollt. Ich frage Dich, Hannah: Willst Du diesen Mann, den Jonas, als Deinen Mann annehmen, ihn lieben und ehren, bis dass der Tod Euch scheidet, so antworte: ‚Ja, mit Gottes Hilfe'.“

„Ja, mit Gottes Hilfe“, antwortete Hannah.

„Nun frage ich Dich, Jonas“, Mikhail wandte sich zu dem jungen Mann, „willst Du diese Frau, die Hannah, als Deine Frau annehmen, sie lieben und ehren, bis dass der Tod Euch scheidet, so antworte: ‚Ja, mit Gottes Hilfe'.“

„Ja, mit Gottes Hilfe“, antwortete Jonas.

„Gebt mir Eure Hände.“ Mikhail nahm die Hände der beiden und legte sie aufeinander. „Was Gott zusammengefügt hat, das soll der Mensch nicht scheiden. Vor Gott und vor Euch seid Ihr jetzt ein Paar. Ich wünsche Euch viel Glück.“

„Sie dürfen die Braut jetzt küssen“, wandte Hannah nach einer Pause ein. „Das kommt doch sonst immer.“

„Das habe ich bei Euch beiden stillschweigend vorausgesetzt“, sagte Mikhail lächelnd und, nachdem die beiden sich ausgiebig geküsst hatten: „Euren Trauspruch kennt Ihr ja schon, den habt Ihr vor ein paar Minuten gehört. Ich wiederhole ihn noch einmal: ‚Wenn ihr bleiben werdet an meiner Rede, seid ihr in Wahrheit meine Jünger, und ihr werdet die Wahrheit erkennen und die Wahrheit wird euch freimachen.' Ich werde Euch jetzt segnen.“ Er erhob seine Arme so, dass die Handflächen auf das junge Paar zeigten. „Und der Herr behüte und beschütze Euch, er lasse leuchten sein Angesicht auf Euch und schenke Euch Frieden.“ Als er das Kreuzzeichen machte, ertönte der Gong. „Amen“ sagte Mikhail, dann kam die Ansage für Gottenheim.

„Danke.“ Hannah küsste Mikhails Hände und der junge Mann gab Mikhail mit feuchten Augen die Hand. Auf einmal wurde im Zug geklatscht und Wortfetzen drangen an Mikhails Ohren.

„Eine Eisenbahntrauung, wie originell! – Das hat er wirklich gut gemacht. – Man kann sich kaum vorstellen, dass diese beiden vor einem Geistlichen geheiratet haben. – Na, ich weiß nicht, früher ging man noch in die Kirche."

Der Zug bremste an, um in Gottenheim zu halten.

„Wir müssen umsteigen", sagte Hannah.

„Ich heiße übrigens Mikhail", sagte Mikhail, „und meine Frau heißt Claudia."

Nachdem der Zug wieder angefahren war und er sich gesetzt hatte, blieb Mikhail, seinen Rucksack auf den Knien, stumm sitzen, bis die Ansage für Ihringen kam. Dann stand er auf, schulterte seinen Rucksack und ließ an der Tür des Zuges seiner Frau den Vortritt.

Sie gingen ein paar hundert Meter, bis die Bahnhofstraße in die Hauptstraße einmündete, dann blieb Mikhail stehen. „Du wirst es möglicherweise als Blasphemie bezeichnen, was ich gerade getan habe, aber ..."

„Pss", machte Claudia und hielt ihren Zeigefinger vor die Lippen. „Als Du den Rucksack auf den Sitz legtest und die Regenjacke zumachtest, da hatte es so viel Würde, als zögest Du Dir einen Talar an. In der ganzen Zeremonie lag eine unglaublich heitere Erhabenheit ohne jegliche Pose. Du warst ganz Mikhail Ristau, so, wie ich Dich kenne."

Sie überquerten die Hauptstraße und gingen weiter.

Mikhail blieb noch einmal stehen. Gleich nach links in die Nebenstraße abbiegen und noch einige hundert Meter, dann wären sie an ihrem Quartier angelangt. „Heitere Erhabenheit, wie schön Du doch formulieren kannst", sagte er. Er zog seine Frau an sich. „Ich würde Dich gerne küssen."

„Tu's doch."

Mikhail küsste seine Frau und sie erwiderte den Kuss. „Ich würde Dich gleich gerne in den Arm nehmen und Dich berühren."
„Das finde ich schön." Claudia gab ihm noch einen Kuss auf den Mund.

Moments musicaux – cis-Moll, erste Lektion

Es klopfte an der Tür und Mikhail rief: „Herein!"

Ein junges Mädchen mit Noten in der Hand stand in der Tür. „Professor Ristau?"

„Richtig, treten Sie näher", sagte Mikhail. Das Mädchen schloss die Tür und kam näher. Mikhail nahm einen Zettel, der auf dem Klavier lag, und sah ihn durch. „Kim Schröder?"

„Genau, die bin ich."

Mikhail musterte das Mädchen genauer. War es nicht ein wenig zu jung für dieses Studium? Aber so etwas fragte man natürlich nicht, es gab in dieser Akademie Hochbegabte, die schon früh ihr Studium beendeten.

„Wie wünschen Sie angeredet zu werden, mit ‚Herr Professor' oder mit ‚Maestro'?"

„Darüber habe ich noch nicht nachgedacht." Mikhail stutzte, aber er fing sich. „Das überlasse ich Ihnen." Lieber einmal mehr „Sie" als „Du" sagen.

„Sie fragen sich wahrscheinlich, ob ich nicht noch zu jung bin, um hier zu sein? Ich bin einundzwanzig und im sechsten Semester. Aber ich sehe sehr jung aus. Das verwirrt die meisten Menschen."

„Nun gut", sagte Mikhail. „Ich gebe zu, ich war auf den ersten Blick etwas unsicher, ob Sie sich nicht in der Tür geirrt haben, aber jetzt freue ich mich erst einmal, Sie hier zu einem Schubert-Kurs begrüßen zu dürfen. Schubert ist ja", er machte eine kleine Pause, „nicht unbedingt ein Komponist zum Brillieren, aber ich persönlich halte ihn für einen ganz Großen der Musikliteratur. Darf ich fragen, warum Sie sich für diesen Kurs eingeschrieben haben?"

„Wenn ich ehrlich sein darf", sagte das Mädchen, das einundzwanzig Jahre alt sein sollte, „wollte ich eigentlich in den Brahms-Kurs, aber der war schon geschlossen. Da habe ich mich für Schubert entschieden. Sie gelten unter manchen meiner Kommilitonen als Geheimtipp."

Mädchen oder junge Frau? Mikhail entschied sich für „junge Frau", aber eine merkwürdige. Eigentlich sah sie ganz unscheinbar aus mit ihren schwarzen Haaren, ihrer Jeans und dem Schlabberpullover und ehrlich schien sie auch zu sein, aber das war nicht die übliche Eröffnung zu einem Kurs. Mal sehen, was diese Kim Schröder musikalisch draufhatte. Mikhail bemühte sich um eine neutrale Ebene: „Sie haben die Ausschreibung für diesen Kurs gelesen?"

Kim nickte. „Sie haben insgesamt zehn Musikstücke von Schubert erwähnt, die man alle zumindest kennen sollte, das waren die ersten vier Impromptus und die sechs Stücke aus den Moments musicaux. Vier dieser zehn Stücke sollten vorspielreif einstudiert sein."

„Was haben Sie einstudiert?" fragte Mikhail.

„Ich habe das Es-Dur-Impromptu und drei Stücke aus den Moments musicaux einstudiert, und zwar die beiden Stücke in As-Dur und das in cis-Moll.

„Schön", sagte Mikhail. „Dann fangen wir gleich mal an. Spricht etwas gegen das cis-Moll aus den Moments musicaux?"

„Nein, überhaupt nicht", und Kim Schröder begann mit dem Vorspiel.

Das cis-Moll-Stück endete im Pianissimo. Kim hob die Hände von der Klaviatur.

„Schön", sagte Mikhail. Das gehörte dazu, es hatte keinen Zweck, von Anfang an auf den Schüler buchstäblich einzuprügeln, gut sollte er erst am Ende des Kurses sein. „Darf ich fragen, warum Sie ausgerechnet das cis-Moll gewählt haben? Es ist ja ein Stück, bei dem viele Passagen vordergründig wenig typisch für Schubert sind."

„Ich habe nachgelesen, dass sich Schubert hier mit dem c-Moll-Präludium von Bach auseinandergesetzt haben soll, aber dann habe ich mir das Präludium angesehen und kann diese Behauptung eigentlich gar nicht bestätigt finden."

Hatte diese Kim Schröder sich vielleicht bei Kommilitonen umgehört? Soeben hatte sie auch in die Richtung von Mikhails Auffassung tendiert, aber keine Antwort auf seine eigentliche Frage gegeben. „Das beantwortet aber meine Frage nicht, warum Sie das cis-Moll ausgewählt haben", sagte Mikhail. Vielleicht klang es ein klein wenig zu scharf.

„Entschuldigung."

„Schon gut, ein kleines Missverständnis." Mikhail versuchte ein Lächeln. Diese Unterrichtsstunde durfte ihm nicht aus dem Ruder laufen. „Ich sehe das übrigens ähnlich wie Sie. Ich bin nicht der Meinung, dass Schubert sich hier mit einem konkreten Stück von Bach auseinandergesetzt hat; das ist mir zu simpel. Das gilt übrigens genauso für das Impromptu in Es-Dur, welches Sie einstudiert haben. Da liest man immer wieder von einem ‚Perpetuum mobile‘ und es werden Parallelen zu Chopins Minutenwalzer hergestellt. So einfach ist das aber nicht. Lassen wir meine Frage, warum Sie das cis-Moll einstudiert haben, beiseite. Würden Sie bitte noch einmal aus dem cis-Moll spielen, aber fangen Sie gleich mit dem Mittelteil an."

Kim begann mit Des-Dur und wollte nach Moll übergehen, doch Mikhail unterbrach. „Zwei Dinge: Sie schließen die Phrase zu früh. Die Phrase endet erst mit dem Übergang auf den Moll-Teil. Das Zweite: Arbeiten Sie den Swing aus diesem Teil stärker heraus, versuchen Sie erst einmal nur, Phrase und Swing zu gestalten. Soll ich Ihnen das mal vorspielen?"

Kim nickte.

Mikhail spielte und setzte sich wieder auf den Klavierschemel neben dem Klavier. „Jetzt Sie."

Kim spielte die Des-Dur-Passage.

„Ja, viel besser. Und jetzt verrate ich Ihnen noch etwas: Wenn Sie schon vor dem dritten Akzent ein wenig crescendo spielen, dann wird es ganz rund."

„Wollen Sie mir das zeigen?", fragte Kim.

„Nein, das kriegen Sie schon selbst raus. Also noch einmal."

Als Kim geendet hatte, sagte Mikhail: „Und jetzt arbeiten Sie noch ein wenig am Swing. Spielen Sie ganz unschuldig, genießen Sie den Rhythmus und denken Sie daran, wie viel Freude Schubert wahrscheinlich beim Komponieren gehabt hat. Aber machen Sie im Augenblick nicht mehr."

Es klopfte an der Tür. „Ja bitte." Mikhail sah auf die Uhr. „Wie doch die Zeit vergeht. Gehen Sie nach Hause oder in einen der Übungsräume und nehmen Sie den Swing aus dem zweiten Teil bereits in den ersten Teil mit hinein. Den spielen Sie dann etwas langsamer als vorhin, aber stärker akzentuiert, und den Mittelteil so wie zuletzt." Und zu dem eintretenden Schüler gewandt: „Das nächste Mal kommen Sie ohne Klopfen ganz leise herein und setzen sich auf den Stuhl da vorne."

„Ja, Herr Professor", sagte dieser und Kim sagte: „Danke, Maestro."

Mikhail sah Kim noch kurz nach. Dann nahm er den Zettel vom Klavier: „Stephen Summers nehme ich an."

„Nun, wie war Dein Tag?", fragte Claudia.

Mikhail setzte sich an den Küchentisch. „Eigentlich ganz schön. Du kennst das ja. Das übliche. Erst die Sitzung in der Fakultät. Zunächst der Haushalt, dann als Unterpunkt der Verteilungsplan für die Räume und die Instrumente. Ein echtes Hauen und Stechen. Aber die Klavierfraktion hat nur wenige Federn gelassen. Gut, dass wir Szewszenko haben, Du weißt, Brahms und Beethoven. Er geht ja immer schnell in den Saft. Aber das war heute sehr nützlich."

„Hunger?" fragte Claudia.

„Ich habe in der Mensa gegessen, Königsberger Klopse mit Kartoffeln und einer Sauce, die eigentlich ganz lecker war. Normalerweise können die immer nur diese undefinierbare Mehlsauce, aber entweder haben sie einen neuen Koch oder ein Catering, das seine Arbeit versteht. Hat Du denn etwas zum Essen gekocht?"

„Nein, ich weiß ja, dass Du normalerweise in der Mensa isst. Aber wenn das mal nicht der Fall ist, kann ich jederzeit etwas auftauen. Mikrowelle macht's möglich, wenn Du Hunger bekommst, zehn Minuten."

„Nein, lass mal."

„Und wie war Dein Schubert-Kurs?"

„Ja, das war eigentlich das Interessanteste. Einen Schüler habe ich, der hat gleich das As-Dur-Impromptu gespielt, Du weißt ja, wie das manchmal geht, volle Kanne, nur auf Ankommen und möglichst fortissimo. Aber ich hoffe, der wird sich noch verbessern. Aber dann war da ein Mädchen, zumindest sah es aus wie fünfzehn oder sechzehn, gab aber an, einundzwanzig zu sein, völlig unscheinbar, ich könnte sie noch nicht einmal beschreiben; wenn ich es genau überlege, möglicherweise mit asiatischen Wurzeln, die hat das cis-Moll aus den Moments musicaux gespielt."

„Und?" fragte Claudia.

„Die könnte es drauf haben. Die lernt schnell und scheint ein Gespür für Schubert zu haben. Na, mal sehen. Aber ich plappere und plappere. Was gab es denn bei Dir?"

„Mikhail", Claudia fiel ihm um den Hals, „ich habe ein Interview, ein Interview mit einem ganz Großen."

„Meine Güte! Und Du lässt mich über meinen Berufsalltag reden und sagst nichts. Mit wem denn?"

„Rate mal. Du hast mir in Freiburg von ihm im Zusammenhang mit Deinem Klarinettenkollegen erzählt."

„Jörg Widmann etwa?"

„Genau!"

„Das ist ja toll für Dich. Glückwunsch! Und wo findet das Interview statt?"

„In Bremen, in einigen Wochen. Morgens fahre ich mit dem Intercity hin und wenn alles gut läuft, bin ich abends wieder zu Hause."

„Soll ich mit dem alten Ivanovic sprechen, dass er Dir Tipps für Jörg Widmann geben kann?"

„Ich erinnere mich an ein Interview, welches ich vor vielen, vielen Jahren mit einem Pianisten geführt habe, der Werke der klassischen Musikliteratur aufgeführt hat, aber in einer Zusammenstellung, die provokant war. Das habe ich auch allein auf die Reihe bekommen."

„Entschuldigung", sagte Mikhail. „Für dieses Interview bin ich Dir heute noch dankbar und ich profitiere täglich von diesem Interview." Er stand auf und küsste seine Frau. Dann löste sich Claudia von ihm. „Da wäre noch etwas."

„Ja, was denn?"

„Du hast ja selbst gesagt, dass Du Dich ein wenig ausgelaugt fühlst und Deine Konzertaktivitäten einschränken möchtest. Ich kann das gut verstehen, immerhin liegt unser letzter Urlaub in Ihringen auch schon über ein Jahr zurück. Nur ist es jetzt so: Deine Agentur hat angerufen, und zwar Dr. Kimmig persönlich. Es geht um das Klavier-Festival ‚Regio' im nächsten Sommer. Ich weiß nicht, wie ich mich verhalten soll. Soll ich das von Dir fernhalten?"

„Nein, es ist schon richtig, dass wir darüber sprechen."

„Das Klavier-Festival, eigentlich eine Plattform, die Dir zusteht."

„Na, übertreib mal nicht. Wo soll ich spielen?"

„In der Stadthalle M..., ein Rezital. Ich habe die Stadthalle mal gecheckt, ich glaube, siebenhundert Plätze."

„Das sind mir normalerweise zu viele Zuhörer. Du kennst das ja, das Husten, das Naseputzen und der Applaus zur falschen Zeit."

„Ich weiß."

„Was soll ich denn spielen?"

„Dr. Kimmig hat gesagt, Du hättest freie Hand. Am liebsten natürlich Schubert."

„Weißt Du, Claudia, im Grunde ist es absurd. Da verballert man sich in seinem Beruf mit den Aufgeregtheiten und den scheinbaren Wichtigkeiten des täglichen Lebens; und wenn ein solches Angebot kommt, nach dem sich viele Kollegen in ihrem Berufsleben erfolglos sehnen, dann muss man überlegen. Das ist Schwachsinn, ganz großer Schwachsinn."

„Bekommst Du das hin?", fragte Claudia.

„Das Rezital?", fragte Mikhail zurück.

„Nicht das Rezital, die Zeit zwischen den Rezitalen. Diesen Schwachsinn zu minimieren."

Mikhail schwieg eine Weile. „Hilfst Du mir dabei?"

„Ja natürlich."

„Wie lange haben wir Zeit, um Dr. Kimmig Bescheid zu geben?"

„Maximal zwei Wochen."

Mikhail setzte sich wieder. „Laß uns ein paar Nächte darüber schlafen."

Moments musicaux – cis-Moll, zweite Lektion

„Schön", sagte Mikhail, als Kim ihren Vortrag beendet hatte. „Sie haben meine Ratschläge wirklich gut in die richtige Richtung umgesetzt. Jetzt müssen wir aber noch ein bisschen Feintuning machen. Fangen wir ganz vorne an: Für den Auftakt steht eine Viertelnote. Die sollten Sie auch aushalten, aber bitte etwas prononcierter. Spielen Sie die ersten fünf Takte."

„So?" Kim hob ihre Hände von der Klaviatur, als sie die Takte zu Ende gespielt hatte.

„Nein, so prononciert nun auch wieder nicht."

„So?"

„Schon besser, aber noch mal."

„So?", fragte Kim.

„Sehr schön. Wiederholen Sie es bitte, damit es keine Eintagsfliege bleibt."

„So?"

„Ja, ich glaube, jetzt haben Sie es."

„Aber jetzt zur Gestaltung von Ober- und Unterstimme in diesem cis-Moll-Teil. Sie werden es bemerkt haben: Das Thema wiederholt sich, aber die Unterstimme wird auf drei unterschiedliche Weisen gestaltet, zweimal staccato, einmal legato. Dazu kommen noch drei verschiedene Lautstärken, also piano, forte und pianissimo. Wichtig ist es jetzt, bei allen drei Passagen die Balance zwischen Ober- und Unterstimme zu finden. Das ist für ein gutes Schubert-Spiel enorm wichtig. Kennen Sie die große B-Dur-Sonate?"

„Noch nicht." Kim schüttelte den Kopf.

„Ich werde Ihnen jetzt eine Passage aus dem vierten Satz dieser Sonate vorspielen." Mikhail setzte sich ans Klavier.

„Haben Sie gehört? In der Oberstimme die Legato-Bögen, bei denen Viertel von Sechzehntel umspielt werden, und in der Unterstimme die gegenläufige Staccato-Bewegung. Die muss aber auch immer hörbar sein! Leider, leider wird das auch von arrivierten Pianisten gern übersehen. Die unterdrücken die Unterstimme einfach.

Was ich Ihnen eigentlich nur sagen will: Wenn Sie dieses kleine cis-Moll gründlich studiert und durchschaut haben, werden Sie viel besser in der Lage sein, auch die großen Sonaten wirklich gut zu spielen." Mikhail schaute Kim an. „Für den Anfang zu viel?"
„Ich finde es interessant", sagte Kim, „aber wenn ich überlege, dass das hier ein Vorbereitungskurs sein soll, dann frage ich mich, was mich ..."
„Das wird schon", unterbrach Mikhail, „Sie machen das für den Anfang wirklich gut. Jetzt müssen wir aber weitermachen. Versuchen Sie jetzt, den Swing, den Witz und den Humor dieses Stückes zu gestalten. Mal ganz einfach: Swingen Sie in der Oberstimme und geben Sie mit der Unterstimme ihren Senf dazu. Wir fangen mit der Forte-Stelle an. Beginnen Sie mit der Überleitung in Takt 29."
Kim begann, dann brach sie ab. „Ich weiß nicht, ob ich das hinbekomme. Ich will Ihnen Folgendes sagen: Als Sie mich in der letzten Lektion gefragt haben, warum ich das cis-Moll-Stück einstudiert habe, da wollte ich Ihnen nicht sagen, dass ich mich das hinterher auch gefragt habe, denn von den cis-Moll-Passagen habe ich gar nichts verstanden. Aber der Mittelteil, der scheint mir zu liegen", fügte sie hinzu.
„Vielen Dank", sagte Mikhail. „Das ist ein offenes Wort." Er machte eine Pause, dann fing er an zu lachen, „Wenn Sie so spielen können, ohne etwas verstanden zu haben, dann möchte ich gar nicht wissen, wie Sie spielen, wenn Sie etwas verstanden haben."
Die Tür öffnete sich, ein junger Mann trat geräuschlos ein und setzte sich auf den Stuhl für wartende Schüler. Mikhail sah auf

die Uhr. Die Zeit für die Lektion war abgelaufen. „Ah, Herr Summers, Sie sind schon da. Wir sind gleich fertig. Ihre Kommilitonin wird für uns jetzt noch den Mittelteil des cis-Moll aus den Moments musicaux spielen."

Kim schloss auf der Fermate in Des-Dur.

„Wirklich gut", sagte Mikhail, „ein schönes, farbiges Pianissimo-Spiel. Dann können wir ja beim nächsten Mal mit einem anderen Stück weitermachen. Was halten Sie von dem Es-Dur-Impromptu?"

„Sehr viel", sagte Kim und „vielen Dank, Maestro." Sie ging auf die Tür zu.

„Kommen Sie, Herr Summers." Mikhail wies auf die Klavierbank. „Das As-Dur-Impromptu. Der Beginn in as-Moll, spielen Sie pianissimo, wie im Nebel."

„Nun, wie war Dein Tag?" fragte Claudia.

Mikhail setzte sich an den Küchentisch. „Eigentlich ganz gut." Dann schwieg er.

„War das alles?" fragte Claudia. „Normalerweise kommt doch noch: ‚Du kennst das ja, das Übliche'."

Mikhail lachte. „Ein bisschen merkwürdig heute. Eine Schülerin, die vorgibt, das cis-Moll aus den Moments musicaux gar nicht verstanden zu haben, aber es dann wirklich gut spielt, und dann ein Schüler, der innerhalb von einer Woche gelernt hat, wie man ein ordentliches Pianissimo-Spiel hinbekommt. Merkwürdig."

Claudia sah ihn an: „Wer ist der Lehrer der beiden?"

Mikhail winkte ab. „Hängen wir das mal nicht zu hoch. Was gibt es bei Dir?"

„Telegrammstil statt Roman?" fragte Claudia. Mikhail nickte.

„Erstens: Mein Interview steht. Werke und Vita des Künstlers gesichtet und mögliche Fragen konzipiert, ohne die Spontaneität des Interviews einengen zu wollen.

Zweitens: Gespräch mit dem alten Dr. Krämer, er ist ganz froh, dass er keine Klavierstunden mehr nehmen muss, er meinte, er hätte es Dir zuliebe getan, aber eigentlich ist es ihm zu viel. Er will sich viel lieber über die Stücke, die er mal gespielt hat, unterhalten. Ich habe ihm einige Termine bei mir zugesagt.

Drittens: Das Klavier-Festival ‚Regio'. Ich habe, natürlich ganz unverbindlich, einen Vorschlag zur Programmgestaltung vorbereitet. Dabei habe ich auch die Spieldauer der Stücke berücksichtigt. Die Prämisse ist: großes Publikum und Sponsoren, alles Musikliebhaber, aber nicht immer ausgewiesene Musikkenner. Daran sollte man denken. Also bitte nicht überfordern."

„Da bin ich aber gespannt." Mikhail richtete sich auf.

„Ich würde, das ist aber wirklich völlig unverbindlich, mit zwei Impromptus beginnen, ich habe da an das Es-Dur und das Ges-Dur aus der ersten Sammlung gedacht. Ich stelle mir schon vor, wie Du den Schlussteil des Es-Dur-Impromptus im Accelerando und Crescendo auf den es-Moll-Schluss-Akkord hin gestaltest – kontrollierte Anarchie nennst Du das – um dann im Pianissimo mit dem Ges-Dur zu beginnen. Dann die Moments musicaux und nach der Pause eine Sonate, die Dich nicht so auslaugt. Ich habe da an die D-Dur-Sonate gedacht, alternativ an die kleine A-Dur, aber die spielst Du nicht gerne vor Publikum, weil Du die Dezime im Eingangsakkord im Arpeggio greifen musst."

„Super." Mikhail nickte anerkennend. „Ich meine auch, nach der Pause die D-Dur-Sonate."

„Moment, ich habe etwas vergessen. Ich schlage vor, drei Zugaben vorzuhalten: An den Anfang würde ich das B-Dur-Scherzo stellen, danach das c-Moll-Allegretto, das Abschieds-Allegretto, und ganz am Ende, falls erforderlich, das

Wiegenlied von Brahms. ‚Guten Abend, gute Nacht' ist mehr als eindeutig."

Mikhail stand auf und umarmte seine Frau. „Wahnsinn. Mehr kann ich gar nicht sagen."

„Das tue ich nicht nur für Dich allein", sagte Claudia. „Da ist auch eine gehörige Portion Eigennutz dabei. So viele Stellschrauben, an denen man drehen kann, um etwas zu ändern, gibt es leider gar nicht, aber das Wenige muss man nutzen und dazu bereit sein. So, jetzt noch etwas." Sie löste sich von Mikhail: „Keine Nebenjobs oder Nebenverdienste mehr, das heißt: keine Klavierstunden, keine Artikel für Fachzeitschriften und keine Rezensionen. Das Honorar für das Regio-Festival ist exorbitant. Schaffst Du das, Mikhail Ristau?"

„Ich muss es schaffen", sagte Mikhail. „Danke, Claudia."

„Ich bin noch nicht fertig", sagte Claudia. „Ein letzter Punkt noch: Unsere Urlaubsplanung. Ich habe mal Deinen Kalender studiert und eine Vorschlagsliste zusammengestellt. Die findest Du auf dem Wohnzimmertisch."

Impromptu Es-Dur, erste Lektion

„Sehr gut", sagte Mikhail, als Kim Schröder geendet hatte. Er hatte sie das Impromptu bis zu Ende spielen lassen, normalerweise war es seine Art, Zäsuren zu setzen und die einzelnen Abschnitte eines Klavierstückes nacheinander zu hören und zu besprechen.

Ungewöhnlich war der Auftritt von Kim zu Beginn der Lektion gewesen. Sie hatte kurz geklopft und war dann in den Raum gekommen. „Guten Tag, Maestro."
„Guten Tag, Frau Schröder", hatte Mikhail geantwortet, aber bevor er mehr hatte sagen können, hatte sich diese kleine Person zielgerichtet an das Klavier gesetzt und die Noten aufgeschlagen. „Das Es-Dur-Impromptu aus dem ersten Album, wie besprochen?"
Mikhail hatte genickt, aber da hatte Kim schon begonnen.
Mikhail hatte sich kurz gefragt, ob sie etwas genommen haben könnte, aber dagegen hatte der Verlauf des konzentrierten Vortrags gestanden. „Voll fokussiert" war wahrscheinlich die beste Erklärung.

„Jetzt werden Sie wahrscheinlich mit dem Feintuning beginnen", hörte Mikhail. Es war wohl eine Pause eingetreten.
„Ja, natürlich." Mikhail versuchte, sich wieder auf die Gegenwart einzustellen. „Für ein erstes Vorspielen war es wirklich gut. Ich habe auch gesehen, dass Sie das Stück zu diesem Zeitpunkt schon fast auswendig beherrschen."
Eigentlich war es kein echtes Lob, wenn man einen Schüler für das Auswendig-Spielen lobte. Das sagte über die Technik und die Musikalität des Vortrags gar nichts aus. Das war so, als ob man einem Arbeitnehmer attestierte, er wäre stets pünktlich zur Arbeit gekommen. „Ich will mich korrigieren beziehungsweise das, was ich gerade gesagt habe, ergänzen", fügte Mikhail daher hinzu, „Sie haben das Stück musikalisch

sehr schön gestaltet. Natürlich sehe ich es als meine Aufgabe an, dass Sie hier besser herausgehen als Sie hereingekommen sind, aber das gehört nun einmal dazu."

„Ja, Maestro", sagte Kim, „womit wollen Sie anfangen?"

„Spielen Sie den ersten Teil noch einmal und lassen es noch mehr atmen, achten Sie auf die Dynamik, das An- und Abschwellen der Klangsprache."

„So?" Kim endete in einem Akkord, der den ersten Teil beschloss.

„Ja, besser als beim ersten Vorspielen. Nur sollten Sie an dieser Stelle ein wenig anders verfahren." Mikhail gab eine Anweisung.

Kim spielte den betreffenden Teil des Impromptus noch einmal. „So?"

„Ja und nein. Lassen Sie mich mal ans Klavier." Mikhail wechselte von seinem Stuhl auf die Klavierbank.

„Ich würde es so spielen. Sie haben es gehört. Zwar auch Dynamik in die einzelnen Bewegungen bringen, aber darüber hinaus im Größeren gestalten. Sagen wir mal, mit längerem Atem spielen." Mikhail wechselte auf seinen Stuhl zurück. „Man könnte auch sagen, die Dramaturgie dieses Stücks gestalten."

„Ich wollte mich bedanken", sagte Kim unvermittelt, „wie Sie die letzte Lektion gestaltet haben. Da haben Sie mich nicht auflaufen lassen, weil ich das cis-Moll-Stück aus den Moments musicaux nicht verstanden habe, sondern mich den Teil, zu dem ich Zugang hatte, vor meinem Kommilitonen noch einmal spielen lassen und mich dafür gelobt."

„Na, ja." Mikhail war das Gesagte etwas unangenehm. „Das mit dem Nichtverstehen war Ihre Einschätzung. Ich fand, für den Anfang war es gut. Außerdem müssen wir Schubertianer zusammenhalten. Aber ich will Ihnen etwas sagen: Als ich das cis-Moll zum ersten Mal eingeübt habe, da war ich vierzehn oder fünfzehn Jahre alt und hatte gerade Schubert für mich entdeckt. Ich wollte dieses Stück natürlich auch spielen, denn es war ja Teil der Moments musicaux; aber meine Finger weigerten sich anfangs, diese Noten zu greifen. Mit Schubert, so glaubte ich damals, könnte das nichts zu tun haben. Ich habe so etwas nie wieder erlebt. Können Sie sich das vorstellen?"

„Das ist mir ähnlich gegangen", sagte Kim.

„Wie auch immer, machen wir weiter mit dem Impromptu. Und Sie sagen mir, wenn ich dabei bin, zu viel von Ihnen zu verlangen. Wir beide wissen, dass es sich um einen Vorbereitungskurs handelt. Aber manchmal geht meine Leidenschaft für diese Musik einfach mit mir durch, dann will ich jeden bekehren und schütte ihn mit Details zu." Mikhail lächelte. „Und jetzt zu dem h-Moll-Teil, dem B-Teil."

Kim spielte den h-Moll-Teil.

„Schön", sagte Mikhail. „Das war wirklich schön. Aber wenn ich jetzt noch bitten darf, dass Sie dieses Frage- und Antwort-Spiel noch etwas plastischer gestalten. Frage und Antwort gehören zusammen. Also vier Takte Frage, vier Takte Antwort. Nicht nach der Frage schließen, sondern die Stimme heben. Und die Antwort etwas kräftiger als die Frage."

„So?" fragte Kim, als sie diese Passage erneut gespielt hatte.

„Ja, schon besser. Aber das Fortissimo nicht ganz so intensiv. Wissen Sie, ein volles Fortissimo sollten Sie eigentlich erst am Schluss des Stücks, in der Coda, spielen. Sonst haben Sie kein Steigerungspotential mehr."

Die Tür öffnete sich, Stephen Summers kam herein und setzte sich, so lautlos er konnte, auf den Stuhl für wartende Schüler.

„Nun, wie war Dein Tag?", fragte Claudia.

Mikhail spürte, dass sie aufgeregt war. „Wie war denn Dein Tag?" fragte er. „Du hast doch Jörg Widmann interviewt. Sag, wie war es? Und wann bist Du zurückgekommen."

„Ein voller Erfolg." Claudia umarmte und küsste ihn. „Ein voller Erfolg. Ein großer Künstler, nicht nur als Komponist, auch als Virtuose, und wirklich nett. Er versteht sein Handwerk. Ich habe das Interview schon fertig geschrieben, nicht nur für meine Zeitung. Es kommt auch noch in einer ganz renommierten Fachzeitschrift heraus. Dafür hat sein Label gesorgt. Ich bin mit dem Intercity aus Bremen gegen elf Uhr angekommen und habe im Zug und danach die ganze Zeit geschrieben. Jetzt bin ich damit fertig. Willst Du lesen, was ich geschrieben habe?"

„Ja, gern", sagte Mikhail. „Wir könnten ja Folgendes machen: Du gibst mir Deinen Text und, während ich ihn lese, wärmst Du mir irgendetwas aus dem Tiefkühlfach auf. Ich hatte heute noch gar keine Zeit, etwas Rechtes zu essen. Zehn Minuten dauert es, hast Du mal in grauer Vorzeit gesagt."

„Die zehn Minuten stehen noch." Claudia lachte und machte sich erst am Kühlschrank, dann an der Mikrowelle zu schaffen. „Warte, den Text bekommst Du sofort."

„Der Text ist super, der interviewte Künstler auch. Ich will es mal so sagen: Da hat die Interviewende die Qualität des Künstlers erreicht, beide treffen sich auf einer Ebene. Kompliment." Mikhail steckte den letzten Bissen in den Mund.

„Sauerbraten mit Spätzle und Rotkohl von bofrost", sagte Claudia entschuldigend.

„Kein Problem damit", sagte Mikhail. „Es war gut. Dass Du besser kochen kannst als bofrost, weiß ich auch. Aber ich finde es wirklich sehr schön, dass alles so gut gelaufen ist."

„Und wie war Dein Tag?" fragte Claudia noch einmal.

„Schön", sagte Mikhail. Er stand auf, nahm Teller und Besteck und trug es zur Spülmaschine. Dann kam er zurück, nahm Claudia in den Arm und küsste sie. „Wirklich schön."

„Wirklich?", fragte Claudia.

„Ja", sagte Mikhail. „Ich komme nach Hause und treffe die Frau, die ich seit mehr als zehn Jahren liebe, fröhlich an. Was will ich mehr?"

Geburtstag

„Sechs Brötchen", sagte Mikhail, „zwei mit Körnern und vier normale." Claudia aß in der Regel zwei Körnerbrötchen, manchmal aber auch nur ein Körnerbrötchen und ein normales.

„Wir haben ein Sonderangebot", sagte die Bedienung, möglicherweise ein Auszubildender oder ein Praktikant, den Mikhail nicht kannte, „zweimal Kürbiskern, zweimal Dinkel und sechs normale für dreifünfzig."

„Gern", sagte Mikhail. Falls etwas übrig war, konnte man das immer noch einfrieren. Er beobachtete, wie der junge Mann die Brötchen in eine Tüte füllte. Gut geschult schien er zu sein.

„Dreifünfzig."

Mikhail legte einen Fünf-Euro-Schein auf die Theke.

„Einsfünfzig zurück."

Mikhail steckte das Geld ein, öffnete seine Aktentasche und legte die Brötchentüte hinein. Jetzt noch über die Straße zum Blumenladen und dann nach Hause.

Die Fußgängerampel zeigte Rot. Städtebaulich war es eigentlich ein Unding, die Bundesstraße durch diesen Stadtteil, der eigentlich ganz beschaulich war, laufen zu lassen, aber wo gab es Alternativen? Der Bau der geplanten vierspurigen Umgehungsstraße war aus Gründen des Umweltschutzes gestoppt worden und eine Untertunnelung des nahegelegenen Stausees kam technisch nicht in Frage. Die Ampel sprang auf Grün und Mikhail setzte sich in Gang.

„Einen Geburtstagsstrauß für meine Frau", sagte Mikhail, „nichts Pompöses, einfach etwas von Herzen." Er kannte den Besitzer dieser Blumenhandlung nicht näher, aber jedes Mal, wenn er dort einen Blumenstrauß für Claudia gekauft hatte, hatte diese sich ehrlich gefreut.

„Wie schön", sagte dieser, ein nicht mehr junger Mann mit manierierten Gesten und einem Spitzbart am Kinn. Ein Lächeln stahl sich auf sein Gesicht. „Etwas von Herzen. Ich könnte mich jetzt dumm und dusselig verdienen. Aber das mache ich nicht. Ich schlage Ihnen Folgendes vor: Eine einzelne rote Rose mit ein bisschen Grün, das macht unglaublich was her. Sehen Sie mal." Vorsichtig nahm er eine einzelne Rose aus einer Vase. „Philatelia fünf", murmelte er und dekorierte Grün aus anderen Vasen um den Stiel der Rose. „Ich muss Sie allerdings warnen. „Das Gebinde hier kostet zwanzig Euro. Philatelia fünf ist der Stern unter den Rosen, der Stern unter den Liebenden, eine der schönsten Rosen der Welt. Und sie hält garantiert drei Wochen. Bitte, riechen Sie mal." Er hielt Mikhail die Rose unter die Nase. „Was sagen Sie?"

Mikhail roch an der Blüte. Ein diskreter, aber durchaus angenehmer Geruch drang in seine Nase „Großartig." Er wollte den Besitzer der Blumenhandlung nicht enttäuschen.

„Papier oder Folie?"

„Papier", sagte Mikhail und zog einen Zwanzig-Euro-Schein aus dem Portemonnaie.

Der Blumenhändler übergab Mikhail das Gebinde, welches er in Blumenpapier eingeschlagen hatte.

„Danke", sagte Mikhail und ging auf die Ladentür zu.

„Ihre Tasche, Herr Professor", hörte er hinter sich.

Ja, die Aktentasche, die hatte er wohl, als er das Portemonnaie herausgezogen hatte, auf der Ablage vergessen. „Herr Professor." Überall war er wohl bekannt. „Danke." Er nahm die Tasche entgegen und verließ den Blumenladen. Mikhail überquerte an der Ampel die Bundesstraße in umgekehrter Richtung, ging noch um eine Ecke und an der alten Kirche vorbei, dann war er zu Hause. Er schloss die Haustür auf, ging in den Flur und sah nach Claudia; aber die war noch nicht da.

„Was machst Du an Deinem Geburtstag? Ich könnte eine Stunde von meinem Kurs abhängen und mittags nach Hause kommen. Eigentlich hatte ich vorgehabt, Dich abends zum Essen auszuführen, aber nachmittags habe ich leider wieder einmal eine Fakultätssitzung, Ende offen."

„Am Vormittag habe ich zwei Arzttermine. Eine letzte Blutabnahme noch, aber diesmal völlig nüchtern, sogar ohne Morgenkaffee. Weißt Du, die Werte für Blutzucker und Cholesterin müssen noch einmal überprüft werden. Dann noch der Zahnarzt, einmal Zahnreinigung und Polieren der Schneidezähne, insgesamt nichts Ernstes. Wir könnten uns ja zu Hause zum Brunch treffen, ich werde einen Bärenhunger haben." Claudia hatte ihn angelächelt, ihn umarmt und geküsst.

Mikhail legte das Gebinde mit der Rose auf die Ablage und ging kurz durch, was noch zu tun war: Kaffeemaschine anstellen, Eier kochen und den Tisch decken. Er öffnete den Kühlschrank und legte Lachs, Roastbeef und Salami, alles bereits am Vortag gekauft, auf eine Aufschnittplatte.

Die Tür ging auf, Claudia kam herein. „Was machst Du denn schon so früh hier?"

„Ich habe mich beeilt. Alles ist besorgt, der Tisch ist gedeckt. Wir müssen uns nur noch setzen. Aber vorher bekommst Du noch etwas" Mikhail befreite die Rose aus dem Papier. „Nochmal: Herzlichen Glückwunsch zum Geburtstag."

„Oh, wie schön." Claudia nahm die Rose und roch an der Blüte. „Ein ganz dezenter verführerischer Duft. Danke Mikhail, das ist aber eine schöne Überraschung." Sie gab ihm einen Kuss auf die Wange.

„Schon gut", wehrte Mikhail ab. „Du wirst Hunger haben."

„Und wie", sagte Claudia. „Aber warte mal, ich habe da noch etwas. Sie machte sich an einem Päckchen zu schaffen. „Hier ist Roquefort, den habe ich gerade noch eingekauft."

„An Roquefort hatte ich gar nicht gedacht", meinte Mikhail.

„Ist doch immer so, an Dich denkst Du nie."

„Setzen wir uns", sagte Mikhail.

„Moment, erst die Rose versorgen." Claudia öffnete einen Schrank, um eine Vase herauszuholen. „Diese edle Rose hat doch sicherlich einen Namen?"

„Eigentlich heißt sie Philatelia fünf", sagte Mikhail, „aber ich habe sie in Claudia unique umgetauft."

„Ist das nicht langweilig für Dich?" fragte Claudia. „Claudia hier, Claudia dort."

„Nein", sagte Mikhail, „überhaupt nicht. Aber ich habe ein ganz anderes, viel gravierenderes Problem. Wo sind die Brötchen?" Er überlegte kurz. „Genau, die müssten noch in meiner Aktentasche sein."

„Sehr gut", sagte Claudia und wischte sich den Mund ab. Dann stand sie auf. „Soll ich mich um die Küche kümmern, während Du Dich noch ein paar Minuten ausruhst?"

„Nein", sagte Mikhail, „dazu hast Du keine Zeit. Komm mit." Er stand auf.

„Wohin?"

„In mein Arbeitszimmer." Mikhail ging vor und öffnete eine Tür. „Setz Dich am besten dorthin, ich muss ans Klavier."

„Da bin ich aber gespannt."

Mikhail ließ den Schlussakkord im Pianissimo verklingen, dann löste er die Finger von der Klaviatur und den Fuß vom Pedal. Er blickte zu Claudia, aber die sagte nichts. Mikhail vertiefte sich noch einmal in die Noten, er sah sich die eigentliche Coda an und das, was er hinterher noch angefügt hatte. Was an diesem Stück hätte für Claudia befremdlich klingen können? Noch einmal blickte er zu Claudia und endlich, endlich erhob diese ihre Stimme: „Was war das denn gerade?"

„Nun", sagte Mikhail, „eigentlich sollte es ein kleines Geburtstagsständchen werden, aber dann sind es doch ein paar Takte mehr geworden." Er stand auf und holte ein schmales Päckchen vom Klavier. „Du kannst es in den Händen halten. Ich habe es für Dich ausgedruckt."

Claudia öffnete das Päckchen. „Du hast es nicht nur ausgedruckt, sondern auch noch binden lassen. In Dunkelblau. Und was steht vorne drauf? Für Claudia von Mikhail." Sie schüttelte den Kopf.

„Hat es Dir denn gefallen?", fragte Mikhail, „habe ich Deinen Geschmack getroffen?"

Claudia musste lachen „Gleich wirst Du mir kleinschrittig erklären, wie Du zum Beispiel den Übergang vom ersten Teil, der unschwer als Mazurka zu erkennen war, auf den zweiten gestaltet hast ..."

„Genau", unterbrach Mikhail und begann eifrig zu erklären. „Schluss!" Claudia legte die gebundenen Noten mit Nachdruck auf ihre Knie und sah Mikhail an. „Du wirst immer detailliert, wenn Du verlegen bist. Gerade hast Du über handwerkliche kompositorische Einzelheiten gesprochen, die ich nur ansatzweise verstehe. Du fragst, ob Du meinen Geschmack getroffen hast. Geschmack, was für ein Wort! Mikhail Ristau, weißt Du überhaupt, was Du da gemacht hast, was Du hinbekommen hast? Du hast eine Musik geschrieben, die sich jetzt ganz tief in meinem Herz befindet." Sie schüttelte mit dem Kopf. „Unglaublich."

„Na ja", sagte Mikhail, „es ist mir etwas peinlich, wenn Du das so sagst."

„Peinlich", meinte Claudia, „peinlich nennst Du es, dass Du als Künstler in der Lage bist, ein derartiges Meisterwerk zu schaffen. Mikhail, das sind Sternstunden im Leben eines Künstlers!"

„Ohne Inspiration geht es nicht", sagte Mikhail. „Nimm das Stück als Dankeschön. Sonst hätte ich es Dir auch nicht gewidmet."

Claudia begann zu weinen. Mikhail zögerte erst, dann legte er seine Hand auf ihren Scheitel. „Was ist?"

Claudia weinte weiter, aber sie versuchte zu sprechen. „Mikhail, es ist alles so unwirklich für mich, so schön, dass ich es manchmal gar nicht glauben kann. Aber manchmal habe ich auch Angst, dass es so nicht bleibt." Dann sah sie auf. „Mikhail Ristau, Du bist nicht nur ein großer Romantiker, Du bist auch beamteter Hochschullehrer. Wie spät ist es?"

Mikhail sah auf seine Uhr. „Ich müsste langsam gehen."

Impromptu Es-Dur, zweite Lektion

„Und jetzt spielen Sie dieses Impromptu noch einmal vollständig", sagte Mikhail und Kim begann.

„Schön", sagte Mikhail, als Kim Schröder mit dem Schlussakkord geendet hatte. „Sie haben das Impromptu gut zusammengehalten. Gefallen hat mir auch, wie Sie zielgerichtet auf den es-Moll-Schlussakkord hin gespielt haben."
„Na ja", sagte Kim, „eigentlich habe ich zum Schluss hin das Tempo völlig überzogen. Sie sind sehr freundlich."
„Man hat gehört, dass Sie von der letzten Lektion bis zu dieser hart an diesem Stück gearbeitet haben", sagte Mikhail. Kim Schröder war auch diesmal zu Beginn der Lektion in ihrer Jeans und ihrem Schlabberpullover nach knappem Gruß völlig fokussiert, ja nahezu derealisiert – wie sollte man ein solches Verhalten sonst nennen? – auf das Klavier zugegangen. Mikhail hatte sich gefragt, wie ein solches Verhalten denn bei einem Klavierabend oder einem Solistenkonzert ankäme. Aber wahrscheinlich hätte diese Kim in einem Abendkleid auf einer Bühne, die mit Kabeln für einen Life-Mitschnitt versehen war, das Klavier gar nicht unfallfrei erreicht. Aber das wollte er nicht thematisieren, jetzt schienen allgemeine pädagogische Fähigkeiten mehr gefragt. „Seien Sie nicht so verbissen", wollte er sagen, aber dann ließ er es. Stattdessen sagte er: „Sie können mir ruhig glauben, dass Sie auf einem guten Weg sind. Aber manchmal ist es besser, ein Stück einfach eine Weile liegenzulassen als den Versuch zu machen, noch mehr zu tun, um dies und das zu verbessern. Das mache ich übrigens auch so."
„Na ja", wiederholte Kim.
„Das mit dem Liegenlassen eines Stücks machen alle Künstler", sagte Mikhail. „Außerdem sollten Sie jetzt nicht damit anfangen, auf sich selbst einzuprügeln. Sehen Sie – Sie

haben bei dem Hinweis ‚Accelerando‘ das Tempo ein bisschen zu stark angezogen. Um das Accelerando weiterzuführen, mussten Sie weiter beschleunigen, eine Art Kettenreaktion. Aber das macht nichts. Insgesamt machen Sie es gut.“

„Na ja“, wiederholte Kim noch einmal.

„Ich will Ihnen mal etwas erzählen“, sagte Mikhail. „Wissen Sie, was die großen Champions im Sport ausmacht?“

Kim schüttelte den Kopf.

„Stellen Sie sich vor, Sie wären im Tennis unterwegs. Sie wissen wahrscheinlich, dass bei den Damen über zwei Gewinnsätze gespielt wird?“

Kim schüttelte wieder den Kopf.

„Ich will es einfach erklären“, sagte Mikhail. „Stellen Sie sich vor, Sie hätten einen Matchball gegen Ihre Gegnerin. Sie führen nach Sätzen eins zu null, und wenn Sie den Matchball verwandeln, dann steht es zwei zu null, also Spiel, Satz und Sieg. Man nennt das: einen ‚Big Point‘ machen. Aber es kann vorkommen, dass Sie den Matchball nicht verwandeln und es später eins zu eins steht und Sie in den dritten Satz müssen. Was ich sagen will: Ein wahrer Champion ist in der Lage, einen solchen ‚Big Point‘ zu versemmeln, aber das dann wegzustecken und trotzdem zu gewinnen.“

Mikhail lächelte. „Meinen Sie, ich wäre nach einem Klavierabend mit allem und jedem zufrieden, so, wie ich es gespielt habe? Einen perfekten Vortrag gibt es nie, man kann ihm nur manchmal sehr nahe kommen. Seien Sie nicht zu kritisch mit sich. Sie sind auf einem guten Weg. Außerdem ist das hier ein Vorbereitungskurs und keine Meisterklasse. So – und jetzt machen wir etwas ganz anderes: Wir entspannen uns und spielen vierhändig vom Blatt. Kennen Sie die C-Dur-Sonata von Mozart?“

Kim schüttelte erneut den Kopf.

„Dann werden Sie die kennenlernen. Sie ‚Primo', ich ‚Secondo'?"

Kim nickte und rutschte auf der Klavierbank nach rechts, um oben zu spielen.

„Ein herrliches Stück", sagte Mikhail, „und wirklich gut gespielt."

Ein zartes Lächeln stahl sich auf Kims Gesicht.

Mikhail sah auf die Uhr. „Mehr machen wir heute nicht. Außerdem wird Herr Summers in wenigen Minuten kommen. Und Sie versprechen mir, dass Sie bis zur nächsten Lektion keine Schubert-Noten mehr anfassen. Einverstanden?"

Kim nickte und stand auf. „Danke, Maestro."

Die Tür öffnete sich und Stephen Summers kam herein.

Mikhail schloss die Wohnungstür von innen. Aus seinem Arbeitszimmer kamen Klänge, die ihm bekannt waren. Dann endeten sie und Claudia kam aus dem Zimmer in den Flur.

„Und? Wie war Dein Tag?"

„Eigentlich ganz schön. Ich hatte Dir ja von zwei Schülern aus dem Vorbereitungskurs erzählt. Beide machen sich gut. Diesen Stephen Summers muss ich manchmal etwas bremsen. Er soll sich erst mal mit den Impromptus und den Moments musicaux beschäftigen, bevor er an die großen Werke geht. Vor allem muss er erst einmal Respekt vor scheinbar kleinen Stücken bekommen. Er sprach mich heute schon auf die Wanderer-Fantasie an, die er demnächst spielen will. Und diese Kim Schröder, aus der werde ich manchmal nicht so recht schlau. Wahrscheinlich selbstunsicher, übersteuert dann und versucht, durch viel zu intensives Üben zu kompensieren. Aber das wird schon. Vom Potential her wirklich gut."

Mikhail nahm seine Frau in den Arm. „Du hast wirklich eine Gabe, mich zu fragen und dann reden zu lassen, während Du eigentlich erzählen solltest. Seit wann hältst Du Dich in meinem Arbeitszimmer auf? Das hast Du ja noch nie gemacht."

„Was macht ein Musiker in seinem Arbeitszimmer?" fragte Claudia zurück.

„Na, er arbeitet."

„Was genau?"

„Am schönsten wäre es, wenn dieser Musiker sich mit Musik beschäftigen könnte." Mikhail lachte. „Aber manchmal muss man auch Akten fressen, wie ich das im Augenblick auch tun muss."

„Ich war in Deinem Zimmer und habe mich mit Musik beschäftigt. Ich habe da einen Verehrer. Eigentlich wollte ich Dir das gar nicht sagen, aber jetzt ist es raus. Er hat mir Blumen und Noten geschenkt und da wollte ich aus diesen Noten etwas spielen. Natürlich ist das alles zu schwer für mich, aber ich wollte es wenigstens ausprobieren."

„Und?", fragte Mikhail, „wie ist Dir das mit den Noten Deines Verehrers gelungen?"

„Ab und zu", sagte Claudia, „habe ich ein paar Töne gespielt und den Klängen der Mazurka im Anfangsteil nachgespürt, aber dann habe ich mich nur noch daran erinnert, wie Du mir dieses Stück vorgespielt hast." Sie schwieg eine Zeit. „Am liebsten wäre es mir, wenn Du es mir noch einmal vorspieltest."

„Ja natürlich." Mikhail setzte sich an das Klavier.

„Wie schön. Schön – was sage ich? In Deiner Musik ist alles drin."

„Jetzt übertreibst Du aber", sagte Mikhail.

„Nein."

„Nun ja, ich habe einige Zeit daran gearbeitet, da fließt natürlich auch einiges ein. Ich denke mal, da ist auch einiges eingeflossen von den großen Meistern, mit denen ich mich beschäftige, speziell von den großen Chromatikern wie Schubert und Chopin."

„Richtig", sagte Claudia, „dass das eine Hommage an diese Musiker ist, das habe ich auch gemerkt. Aber Du hast offensichtlich noch gar nicht begriffen, dass Du Dich zwar zu der Tradition bekannt hast, in der Du stehst, aber etwas Eigenständiges, etwas Großes geschaffen hast." Claudia änderte ihren Tonfall: „Wie willst Du dieses Stück nennen?"

„Nun", sagte Mikhail, „das ist gar nicht so einfach. Eigentlich hatte ich an ‚Mazurka' gedacht, aber ich denke mal, dass die Coda mit einer originären Mazurka nicht mehr viel zu tun hat. Ich habe es mir daher einfach gemacht. Ich habe geschrieben: ‚Für Claudia von Mikhail' und Dir das Stück geschenkt. Erst wollte ich für Dich ein Ständchen schreiben, dann wurde das Ständchen zu einer Mazurka und dann, ja dann kam diese Coda hinzu. Für mich ist das Stück aber im Grunde immer noch eine Mazurka, wenigstens eine Art Mazurka."

„Und was würdest Du zu der Coda sagen?", fragte Claudia, „würdest Du die als Fuge bezeichnen?"

„Ja, eigentlich schon. Aber ich hatte mehr an einen Choral gedacht, als ich das schrieb, weißt Du, ganz schlicht, aber doch erhaben. Manchmal frage ich mich, ob da diese Begegnung im Zug von Freiburg nach Gottenheim eingeflossen ist, diese Trauungszeremonie, die ich vollzogen habe, obwohl ich dazu eigentlich gar nicht befugt war. Ja, natürlich wird die eingeflossen sein. Aber auch wir sind da drin und die Dankbarkeit, dass alles so ist. Aber wie soll ich das in Worte fassen?" Mikhail hob seine Hände. „Ich bin nun mal kein Schriftsteller. Dafür gibt es Musik."

„Wie soll das Stück denn nun heißen?", fragte Claudia erneut. „Ich würde ‚Fantasie' vorschlagen."

„Das habe ich mir auch überlegt", sagte Mikhail, „aber von Schubert gibt es, glaube ich, insgesamt sieben Fantasien. Nimmt man den ersten Satz der G-Dur-Sonate hinzu, den der Verleger als ‚Fantasie' bezeichnet hat, wären das schon acht. Und bei Chopin ..."

„Und von Mikhail Ristau?", fragte Claudia. „Wie viele Fantasien gibt es von Dir? Eine einzige, ich meine: viel zu wenige. Wenn ich Jörg Widmann interviewe, dann sagst Du ‚großer Künstler, er hat es verdient und so weiter', aber wenn von Dir die Rede ist, dann kneifst Du. Dann erzählst Du mir lieber etwas über selbstunsichere Schüler."

„Ach, Claudia."

„Was hältst Du von dem Titel ‚Fantaisie'? Damit müsstest Du doch gut leben können."

„Ich glaube schon", sagte Mikhail. „Danke, Claudia."

Alpiner Pfad

„Und, was machen wir morgen?", fragte Claudia.

Mikhail lachte. „Zu Hause fragst Du immer: ‚Nun, wie war Dein Tag?' oder ‚Und, wie war Dein Tag?', aber im Urlaub fragst Du anders."

„Das dürfte am Urlaub liegen", sagte Claudia. „Urlaub ist eben nicht Alltag."

„Ja", sagte Mikhail, „das ist wohl wahr."

„An Deiner Reaktion merke ich, dass ich mich gerade unglaublich gedankenschwer geäußert habe."

„Ja", sagte Mikhail und lachte wieder, „allerdings. Aber, um auf Deine Frage zurückzukommen, morgen soll das Wetter tagsüber noch stabil sein, aber ab dem späten Abend sollen Wärmegewitter aufkommen. Ich würde vorschlagen, morgen zeitig aufzubrechen, um, sagen wir mal, vor achtzehn Uhr wieder ins Quartier einzulaufen. Wir könnten dann auch essen gehen. Ich weiß nicht, ob Dir meine Küche auf die Dauer zusagt."

„Deine Küche ist gut." Claudia legte Messer und Gabel auf den Teller. „Ich finde es gut, dass wir hier in dieser Ferienwohnung ganz einfach und ganz unverbindlich essen können, nicht dieses ‚war es recht, noch ein Glas Wein, darf ich Ihnen noch die Dessertkarte bringen?' Ich finde Maultaschen mit geriebenem Parmesan wie heute sehr lecker und der Oberrotweiler Rotwein passt haargenau dazu. Und morgen ein frisch gebratener Fleischkäse mit einem Spiegelei auf einem Schwarzwälder Brot, das wäre nach einer längeren Wanderung genau das Richtige. Prost, Mikhail." Claudia erhob ihr Glas.

„Prost, Claudia." Mikhail erhob sein Glas und trank einen Schluck. „Also, eine längere Wanderung hast Du vor."

„Das bietet sich doch an. Wir sind in Hinterzarten, hier ist es sommerlich warm, aber man kann es aushalten und die Luft ist klar; unten in Freiburg ist es schwül und brutheiß. Wenn wir schon hier sind, warum sollten wir das nicht ausnutzen? Wir sind sozusagen vor Ort. Warum nicht zum Feldberg gehen, wo gibt es sonst im Mittelgebirge alpines Gelände? Felsenweg, Alpiner Pfad, das sind doch alles vertraute Wege."

„Natürlich", sagte Mikhail und setzte sein Glas ab. „Das ist eine gute Idee." Er sah auf die Uhr. „Dann kaufe ich eben noch ein, damit wir morgen nicht verhungern."

„Gut", sagte Claudia, „und ich kümmere mich um den Abwasch und checke noch kurz die Wanderkarte. Wie viele Kilometer dürfen es denn morgen sein?"

„Fünfzehn", sagte Mikhail, „maximal zwanzig. Wie Du gerade gesagt hast: Urlaub ist nicht Alltag."

„Danke, ich habe verstanden." Claudia lachte.

„Ach Claudia." Mikhail strich ihr über das Haar. „Wie ich Dich kenne, wirst Du eine Tour planen, die nach genau neunzehn Komma acht Kilometern zu Ende ist. Ich sollte dann für den Abend auch noch ein wenig Alpirsbacher Klosterbräu kaufen. Natürlich nur wegen der Elektrolyte."

„Dann bring mir bitte auch etwas davon mit", sagte Claudia, „natürlich nur wegen der Elektrolyte."

„Deine Idee war gut", sagte Mikhail und biss in ein Ei.

„Welche Idee?"

„Erst mit der Drei-Seen-Bahn von Hinterzarten bis Bärental zu fahren und dann den Bus bis zum Feldberger Hof zu nehmen. So waren wir vor dem Touristenstrom am Fuße des Feldbergs und konnten den Felsenweg fast allein genießen. Na ja, am Gipfel ist immer etwas los, aber hier, am Stübenwasen, ist es ja nahezu menschenleer."

„Wie war das Ei gekocht?", fragte Claudia.

„Großartig, wie immer, natürlich wachsweich und sehr delikat. Was haben wir sonst noch zu essen dabei?"

„Für jeden ist noch ein Käsebrötchen übrig und ein Apfel, außerdem noch ein Liter Wasser für jeden. Die Thermoskanne ist leer, das war dem Feldberg-Gipfel geschuldet."

„Der Tiefblick vom Felsenweg auf den Feldsee ist immer ein Highlight", sagte Mikhail, „die Franzosen würden ‚magnifique' sagen. In dem Steilhang sollen seltene Spechte nisten."

„Ja", sagte Claudia, „und auf dem Feldberg-Gipfel gibt es alpine Flora. Aber davon verstehe ich zu wenig. Wenn Du schon von Highlights sprichst, ich fand, wir hatten schon viele Highlights in diesem Jahr. Wenn ich an Dein Rezital beim Klavier-Festival denke." Sie legte ihren Arm um Mikhail. „Wie Du das gemacht hast, das Es-Dur-Impromptu im Fortissimo zu beenden, um dann pianissimo mit dem Ges-Dur-Impromptu weiterzumachen, diese Pause zwischen den beiden Stücken, keine Zehntelsekunde zu lang, keine Zehntelsekunde zu kurz ..."

„Nun lass mal Claudia."

„Und nach der Pause, bei der D-Dur-Sonate, hast Du das ‚Con moto' so gespielt, als säßest Du am Strand der Copacabana und würdest mal eben so südamerikanische Rhythmen rüberbringen. Schubert hätte seine helle Freude daran gehabt und hätte Dich sofort auf ein Glas Wein eingeladen."

Mikhail lachte. „Schubert war immer knapp bei Kasse. Mit Sicherheit hätte ich ihm den Wein bezahlt. Aber jetzt mach mal eine Pause. Deine Interviews waren große Klasse. Was Du dem großen Gregor Pawlow entlockt hast, wie er sich geöffnet hat und über Musik philosophiert hat, das war à la bonheur."

„Okay", sagte Claudia, „manchmal weiß man eben, warum man sich etwas müde fühlt. Aber jetzt haben wir Urlaub und gleich kommt das nächste Highlight."

„Findest Du den Einstieg zum Alpinen Pfad noch?", fragte Mikhail. „Nach meiner Erinnerung sind wir diesen zuletzt vor vier oder fünf Jahren gegangen."

„Als wir den Pfad im letzten Jahr im Rahmen unserer Drei-Mädel-Tour gemacht haben", sagte Claudia, „da war er ein wenig mehr zugewachsen als früher, ein paar mehr Bäume lagen quer und einige Passagen waren weiter abgerutscht, aber er war recht gut gangbar und auch gut zu finden."

„Dann mal los." Mikhail löste sich aus Claudias Arm und erhob sich.

„Dein Sitzkissen", ermahnte Claudia.

„Da ist das Schild", sagte Claudia, „der Einstieg zum Alpinen Pfad."

„Achtung, gefährliche Wegstrecke", las Mikhail vor. „Dieser Teil des Alpinen Steigs ist stellenweise abgerutscht oder durch umstürzende Bäume bedroht. Begehen auf eigene Gefahr. Staatliches Forstamt Kirchzarten."

„Schreckt Dich das plötzlich?", fragte Claudia.

„Nein, sagte Mikhail, „dieses Schild hängt doch schon seit Menschengedenken hier und hat noch keinen Bergwanderer abgehalten. So langsam kommt es aber in die Jahre. Aber dass Du diesen Einstieg überhaupt noch gefunden hast! Der Weg vom Stübenwasen bis hierhin war ja nun wirklich etwas für Kenner."

„Letztes Jahr war der Zugangsweg auch schon verkrautet und verbuscht, aber mein Erinnerungsvermögen hat mir geholfen", sagte Claudia. „Ich hatte den beiden anderen Mädels von unserer Wandertruppe an dieser Stelle eine kleine Einführung in die Geographie des Geländes gegeben, die waren beeindruckt."

„Was hast Du erzählt?"

„Dass sich dieses Gebiet ‚Napf‘ nennt und den Nordweststurz des Feldbergs gegen das St.-Wilhelmer-Tal darstellt, dass es sich um ein Bannwaldgebiet handelt, wo keine Forstarbeiten mehr stattfinden, und dass es hier Gemsen gibt.“

Mikhail wiegte den Kopf. „Napf, Nordweststurz, Bannwald, entweder habe ich es vergessen oder es ist wirklich neu für mich, aber in der Tat beeindruckend. Dann mal auf in den Napf.“

„Ich spiele die Bergziege und gehe vor.“ Claudia wandte sich zum Gehen.

„Aber ‚molto moderato‘, wenn ich bitten darf.“ Mikhail schloss sich an.

„Wohin“, fragte Mikhail, „nach rechts oder nach links?“ Ein kleines Geröllfeld vor ihnen ohne Trittspuren, dahinter eine Felsenformation erschwerte die Orientierung.

„Nach links.“ Claudia wies nach links unten. „Zu dem Tobel dort. Den queren wir und steigen dann wieder auf.“

„Bist Du Dir sicher?“, fragte Mikhail wenige Minuten später. „Sind wir noch auf dem richtigen Weg?“

„Ja natürlich“, sagte Claudia.

„Claudia, bleib bitte einmal stehen“, rief Mikhail etwas später. „Ja, was ist denn?“ Claudia blieb stehen.

„Das kann nicht der richtige Weg sein. Der Alpine Pfad führt in etwa auf halber Höhe um diesen Talkessel, egal, ob er sich Napf nennt oder nicht. Und irgendwo da hinten müsste die Schutzhütte auf dem Hüttenwasen sein, wo hier hinmüssen.“ Mikhail zeigte in eine bestimmte Richtung. „Aber hier kommen wir immer tiefer und das Gelände erscheint mir völlig unbekannt. Es wird immer steiler und langsam ist das kein Bergwandern mehr. Es macht mir nichts aus, auf ausgesetzten Bergpfaden zu gehen, ich bin trittsicher und schwindelfrei." Mikhail machte eine Pause. „Claudia, wenn das so weitergeht, dann artet das in eine wilde Kletterei aus. Das ist mir eine Nummer zu groß."

„Was hast Du vor?"

„Claudia, bei allem Respekt vor Deinen Ortkenntnissen, lass uns bitte umkehren. Wir gehen auf dem Weg, den wir gekommen sind, ganz, ganz vorsichtig zum Stübenwasen zurück und dann über die Zastler-Hütte nach Hinterzarten. Das ist zwar etwas weiter, aber es erscheint mir sicherer. Außerdem", Mikhail zeigte auf den Himmel, „ich fürchte, die Abendgewitter werden ein wenig eher kommen."

„Wie Du meinst", antwortete Claudia etwas schmallippig.

Es war dunkel im Zimmer. Mikhail hatte die Augen schon eine Weile auf und sah Richtung Decke. Claudia lag in seinem Arm. Sie schien unruhig zu schlafen, denn ab und zu bewegte sie sich und maunzte im Schlaf. Sie hatten den Stübenwasen relativ spät erreicht, denn es hatte einige Zeit gedauert, bis sie aus dem unwegsamen Gelände wieder herausgekommen waren. „Haben wir Regenjacken dabei?", hatte Mikhail am Stübenwasen gefragt, als der erste Platzregen niederging.

„Nein", hatte Claudia geantwortet, „an alles habe ich gedacht, nur nicht an Regenjacken. Ich hatte mich auf die Wettervorhersage verlassen."

„So habe ich es nicht gemeint", hatte Mikhail gesagt. „Claudia, es tut mir leid, wenn ich Dir die Tour vermasselt habe, aber ich hatte einfach Angst. Und wenn ich ehrlich sein darf, um Dich noch viel mehr als um mich."

Schweigend waren sie vom Stübenwasen über die Zastler-Hütte Richtung Rinken gegangen. Die Sonne war wieder hervorgekommen und die nassen Wandersachen waren weitgehend trocken gewesen, dennoch hatte es Mikhail auf dem schattigen Waldweg zwischen Zastler-Hütte und Rinken gefröstelt. „Wie weit ist es noch bis Hinterzarten?", hatte er kurz vor dem Rinken gefragt, weniger aus wirklichem Interesse, mehr, um das Schweigen zu durchbrechen, aber Claudia hatte nicht geantwortet. Erst an der Kreuzung am Rinken hatte sie auf eine Wegetafel des Schwarzwaldvereins gezeigt. „Sieben Komma zwei Kilometer."

Schweigend waren sie in Hinterzarten angekommen. Mikhail hatte die Tür zur Ferienwohnung hinter sich geschlossen. „Wir sollten uns aufwärmen. Willst Du zuerst duschen?"

Claudia hatte genickt und sich längere Zeit ins Bad zurückgezogen. Dann war sie, in ein Badetuch gehüllt, wieder zum Vorschein gekommen. Sie hatte ihre Arme um Mikhails Hals gelegt und ihren Kopf an seiner Brust geborgen. „Mikhail, ich schäme mich so. Ich habe uns in Gefahr gebracht." Dann hatte sie hemmungslos zu weinen begonnen.

„Ist ja gut." Mikhail hatte ihr über das nasse Haar gestrichen. „Ist ja gut."

„Nichts ist gut." Claudia hatte mit dem Weinen aufgehört und ihn mit feuchten Augen angesehen. „Mir ist jetzt klar, dass ich auf dem Alpinen Pfad absolut die Richtung verfehlt habe. Aber was das Schlimmste ist: Mir ist das erst kurz vor Hinterzarten aufgegangen. Den ganzen Weg davor war ich damit beschäftigt, meine gekränkte Eitelkeit zu pflegen. Stell Dir einmal vor, Du hättest nicht eingegriffen."

„Ich habe aber eingegriffen." Mikhail hatte ihr weiter über das nasse Haar gestrichen. „Ist doch nichts passiert."

„Ein Black-Out der allerübelsten Sorte." Claudia hatte wieder zu weinen begonnen.

„Du wirst überarbeitet sein", hatte Mikhail gesagt, „ich fürchte, ich habe von meinen Angelegenheiten zu viel in Dein Leben schwappen lassen. Du hast doch auch sonst genug zu tun."

Sie hatten noch einige Worte gewechselt und sich dann hingelegt. Wenig später war Claudia in seinem Arm eingeschlafen. Ganz vorsichtig zog Mikhail seinen Arm zurück, dann stand er auf. So leise er konnte, schloss er die Schlafzimmertür hinter sich, dann machte er Licht in der Küche. Aus dem Kühlschrank nahm er eine Flasche Alpirsbacher Klosterbräu, öffnete sie und trank noch im Stehen aus der Flasche. Das kalte Bier tat gut. Mikhail setzte sich an den Küchentisch.

Venezia

„Bitte sehr." Die Bedienung, wahrscheinlich eine Studentin, die Mikhail aber nicht kannte, stellte Eis und Kaffee vor ihn auf den kleinen runden Tisch.

„Danke." Mikhail griff nach der Portionspackung mit Kaffeesahne.

„Vierfünfzig", sagte die Bedienung. „Wir müssen leider immer sofort kassieren."

„Oh, Entschuldigung. Das habe ich wohl vergessen." Mikhail nahm sein Portemonnaie und zog eine Fünf-Euro-Note heraus.

„Danke sehr. Es ist recht so", fügte er hinzu, als er sah, wie die Bedienung nach Wechselgeld suchte.

„Vielen Dank und guten Appetit." Die Bedienung entfernte sich.

Mikhail gab Kaffeesahne und Zucker in seine Kaffeetasse und rührte um. An diesem Eiscafé mit dem Namen Venezia kam er zwar regelmäßig vorbei, aber es hatte sich eigentlich nur ganz selten ergeben, dass er hier eingekehrt war, obwohl das Eis mit Abstand das Beste war. Sicherlich lag das auch an der nicht gerade ruhigen Lage des Eiscafés auf dem kleinen Rondell zwischen den beiden Spuren der belebten Bundesstraße, die hier räumlich getrennt verliefen. Er konnte hier auch nicht unerkannt sitzen, als Hochschullehrer war er wohl eine öffentliche Person, aber das war Mikhail an diesem Tag egal gewesen. Er hatte Heißhunger auf etwas Süßes verspürt. Die Fakultätssitzung hatte länger als geplant gedauert, da war es für das Mittagessen zu spät gewesen und wann es zum Abendessen käme, konnte Mikhail noch nicht absehen. Claudia hatte ihren Termin am späten Nachmittag.

Mikhail nahm einen Löffel Eis. After Eight, das gab es nicht überall. Nicht jedermanns Sache, dieser Geschmack nach Bitterschokolade und Minze, aber Mikhail schätzte ihn. Er legte den Löffel für das Eis ab und trank einen Schluck Kaffee.

„Guck mal, da sitzt Schubert", hörte er hinter sich eine junge weibliche Stimme.

„Nicht so laut", mahnte eine andere, auch jung, auch weiblich, aber gedämpfter. „Er könnte Dich hören. Außerdem trinkt er Kaffee und isst Eis. Schubert trank Heurigen."

Mikhail setzte die Kaffeetasse ab. Sich nach den Stimmen umzudrehen, gehörte sich nicht. Das waren mit Sicherheit Studentinnen, die sich über ihn austauschten. Er lauschte weiter.

„Was der an Schubert so gut findet. Dabei sieht er doch gar nicht depressiv aus. Er soll sogar verheiratet sein."

„Er setzt sich für alle großen Chromatiker ein, wie er sagt. Nicht nur für Schubert, auch für Chopin und Grieg."

„... zu streng ..."

„... zu mir ... immer fair ..."

Der Dialog hatte geendet. Mikhail nahm einen weiteren Löffel vom After-Eight-Eis. An dem Gespräch war möglicherweise diese Kim Schröder beteiligt gewesen. Wie lange lag der Vorbereitungskurs eigentlich schon zurück? Mikhail überlegte, aber eigentlich war es auch nicht wichtig. Es ging auf das nächste Semester zu. Er hatte in den Listen für den neuen Schubert-Kurs auch die Namen von Kim Schröder und Stephen Summers gefunden. Für Stephen Summers die Wanderer-Fantasie? Eigentlich war diese noch zu schwer für ihn, aber wahrscheinlich ließe sich das nicht vermeiden. Und für Kim Schröder? Die G-Dur-Sonate müsste ihr liegen. Mikhail trank seinen Kaffee aus. Gedämpfte Stimme, das hieß in der Musik „sotto voce". Bei den Vögeln gab es einen gedämpften Gesang, auch „Subsong" oder „Whisper-Song" genannt. Komische Assoziationen. Er sah auf die Uhr. Noch zu früh, um nach Hause zu gehen. Claudias

Befundbesprechung würde erst in einer Viertelstunde beginnen. Mikhail aß das Eis zu Ende. Noch erreichten die letzten Strahlen der Herbstsonne das Rondell mit dem Eiscafé Venezia, so lange wollte er sitzen bleiben. Warum eigentlich nur dieser ganze Stress mit der Biopsie und dem Warten auf das Ergebnis? Die Mammographie war bis auf eine kleine rundliche Struktur in Ordnung gewesen. „Fibrom, kein Mikrokalk, kein Anhalt für Karzinom", hatte im Befundbericht gestanden und das MRT hatte den Befund bestätigt. Wozu dann die Biopsie? Oder hatte Claudia darauf bestanden – Claudia, die im Augenblick manchmal panisch, manchmal betont sachlich wirkte, wo sie doch sonst immer so souverän mit beiden Beinen im Leben stand?

„Darf ich?" Ein Schatten fiel auf Mikhail. Er sah auf. „Ach, Herr Ivanovic. Entschuldigung, ich war in Gedanken. Nehmen Sie doch Platz." Mikhail wies auf den freien Stuhl ihm gegenüber.
„Danke, sehr freundlich." Ivanovic nahm Platz, winkte nach der Bedienung und bestellte ein Eis. „Ich möchte Sie natürlich nicht stören."
„Nein, keineswegs, Sie stören nie, Herr Ivanovic. Ich freue mich. Wann hat man denn mal Zeit, wenigstens ein paar Minuten miteinander zu plaudern? Außerdem: Wie sähe es aus, wenn wir beide an getrennten Tischen säßen. Das wäre etwas für die Mundpropaganda unserer Studenten. Klarinette und Klavier haben sich verfeindet." Mikhail lachte.
Ivanovic stimmte ein. „Das ginge natürlich nicht."
Die Bedienung brachte die Bestellung von Ivanovic und kassierte. „Noch einen Wunsch?", fragte sie Mikhail und stellte sein Geschirr zusammen, doch der verneinte.

„Ich will Ihnen etwas erzählen." Mikhail beugte sich vor und erzählte seinem Gegenüber das, was er vor wenigen Augenblicken hinter sich gehört hatte.

„Köstlich", brummte Ivanovic. „Sie sehen, wir stehen hier unter dauerhafter Beobachtung. Kürzlich kursierte von mir eine Karikatur, wie ich mit meiner Klarinette aus einem riesigen Pott Kaffee sauge." Er machte eine Pause. „Ich will Ihnen noch etwas sagen, obwohl das eigentlich gar nicht zum Thema passt. Zu Ihrem Rezital beim Festival habe ich Ihnen ja schon gratuliert, aber ich muss es noch einmal wiederholen: Wirklich sehr eindrucksvoll und bewegend. Wenn Sie wollen, lasse ich Ihnen noch Kopien mit Rezensionen aus der Presse zukommen."

„Danke, sehr nett", sagte Mikhail. „Die Kopien nehme ich natürlich gerne. Ich will Ihnen aber auch noch etwas sagen, was ich längst hätte tun müssen. Ich habe mir die CD von Ihnen besorgt, die mit dem dritten Klarinettenkonzert von Louis Spohr. Abgesehen von Ihrem exzellenten Vortrag auf der Klarinette – Sie haben meinen Horizont erweitert. Von Louis Spohr kannte ich bisher nur wenig, mehr ein zufälliges Hören, jetzt aber habe ich mich mit seiner Musik intensiver auseinandergesetzt."

„Und?", fragte Ivanovic.

„Sehr gehaltvolle romantische Musik", sagte Mikhail.

„Nett von Ihnen, danke." Ivanovic legte den Eislöffel neben die geleerte Schale. Er wirkte auf einmal abwesend. „Seien Sie mir nicht böse. Eigentlich wollte ich hier für ein paar Minuten aus meinen Gedanken herauskommen, aber ich muss los. Hat mit Ihnen nichts zu tun, sondern mit meiner Frau. Pankreas heißt die Bauchspeicheldrüse in der Medizin. Wenn man da etwas entdeckt, ist es meist zu spät. Operation, dann Chemotherapie. Jetzt ist meine Frau austherapiert und zu Hause. Ich weiß nicht, was mich erwartet." Er stand abrupt auf. „Und die Fassade muss auch noch aufrechterhalten werden." Er drehte sich um und ging auf die Fußgängerampel zu.

Wo Claudia nur blieb? Mikhail saß in seinem Arbeitszimmer und blickte auf die Uhr. Schon eineinhalb Stunden über den Termin hinaus. So lange konnte doch eine Befundbesprechung über die Histologie eines Fibroms nicht dauern. Oder sollte da doch etwas anderes herausgekommen sein? Er versuchte, sich auf die Zahlenkolonnen, die vor ihm lagen, zu konzentrieren. Der Haushaltsplan war zu erstellen, und da ging es vom Stellenplan der Dozenten und Assistenten und den Kosten für Instrumente bis hin zu den Materialkosten für das Kopierpapier. Mikhail klappte den Ordner, der vor ihm lag, wieder zu. Nicht jetzt Papierkram, da er auf Claudia wartete. Er stand auf und ging in die Küche. Im Kühlschrank befand sich noch eine halbe Flasche Pinot Grigio. Wann hatten sie diese geöffnet? Mikhail überlegte. Das war vor einer guten Woche gewesen, da hatten sie auf Claudias letzte Rezension angestoßen. Wie üblich hatte Claudia gesagt, dass diese nur ultrakurz und ohnehin nicht gut genug wäre, aber das kannte er ja schon lange. Mikhail goss sich ein Glas ein. Der alte Ivanovic. Was für ein geschätzter Kollege und was für ein feiner Mensch. Und jetzt das. Mikhail goss sich nach. Wo Claudia nur blieb?

Die Tür ging. Claudia kam. Mikhail setzte sein Glas ab und eilte in den Flur. „Claudia, da bist Du ja. Ich habe mir schon Sorgen gemacht."
Claudia hängte ihre Jacke in die Garderobe. „Ich musste warten. Professor Alberti war noch in einer Operation, sie war wohl dringend, dann hatte er zehn Minuten Zeit, mit mir zu sprechen, aber dann musste er weiter zur Visite."

„Und was ist herausgekommen?", fragte Mikhail, „was war mit der Biopsie? Mensch, Claudia, sag doch etwas."

Claudia zuckte mit den Schultern. „Nichts Besonderes. Ein gutartiges Fibrom. Professor Alberti will in einem halben Jahr noch mal einen Ultraschall machen."

„Das ist ja großartig", sagte Mikhail und wollte Claudia in den Arm nehmen, aber die wehrte ab.

„Ich fühle mich ein wenig kaputt. Letzte Woche die Rezension, vor drei Tagen die Biopsie, heute die elendige Warterei auf Professor Alberti, im Augenblick ist mir das alles zu viel. Mikhail, bitte habe Verständnis."

„Ja, natürlich", sagte Mikhail. „Ruh Dich doch jetzt erst mal aus und überhaupt – tritt ein wenig kürzer. Das hast Du bei mir auch durchgesetzt. Aber über den Befund freue ich mich wirklich. Ein bisschen nervös war ich schon, als Du nicht kamst."

Claudia ging nicht darauf ein. „Ach ja", sagte sie, „Professor Alberti hat mir ein mildes Hormon verschrieben. Ab und zu zieht es in der Brust, mal rechts, mal links. Mastodynie nennt man das in der Fachsprache."

„Davon wusste ich nichts", sagte Mikhail. „Warum hast Du denn nichts davon erzählt?"

„Ich will Dich doch nicht mit jedem Wehwehchen konfrontieren", meinte Claudia.

„Ja, natürlich", wiederholte Mikhail. Er sah Ivanovic vor sich stehen, mühsam kompensiert, wie er sich wegdrehte und auf die Fußgängerampel zuging, besser zueilte. „Soll ich uns etwas zu essen machen?", fragte er.

„Ich habe keinen Hunger", antwortete Claudia.

„Ich eigentlich auch nicht. Ich habe mir auf dem Rückweg im Eiscafé Venezia ein Eis und einen Kaffee erlaubt."

„Und wie war Dein Tag sonst?"

„Nichts Besonderes. Der Haushaltsplan steht an und ich habe schon mal mit der Grobplanung begonnen. Und mit dem alten Ivanovic habe ich im Eiscafé ein paar Worte gewechselt."

„War es nett?"

„Ach, Claudia, Du kennst das doch, der übliche Professoren-schnack."

„Ich glaube, ich lege mich hin", sagte Claudia, „irgendwie bin ich hundemüde."

„Ja, natürlich", wiederholte Mikhail noch einmal. „Soll ich denn mal im Terminkalender nachsehen? Ich meine, wir könnten doch an einem der nächsten Wochenenden wegfahren, irgendwohin, wo es schön und ruhig ist, und ein bisschen Entspannung tanken."

„Ja, natürlich", sagte jetzt Claudia, dann winkte sie ab. „Ach lass. Erst einmal hinlegen. Morgen sehen wir weiter." Sie verschwand im Badezimmer.

G-Dur-Sonate, erste Lektion

Mikhail saß im Übungsraum. Gleich würde die erste Stunde des neuen Semesters beginnen. Das Klavier war generalüberholt worden und er wollte sich ein Bild von dem Anschlag machen, der ihn beziehungsweise seine Schüler erwartete. Er spielte das As-Dur-Impromptu aus dem zweiten Album an. „Heitschi-Bumm-Beitschi" war mal aus diesem Musikstück geworden und Heintje hatte der jugendliche Schlagersänger geheißen, der dieses Stück, auf abertausende Schallplatten gepresst, gesungen hatte. Die Klaviatur ging schwerer als zuvor, das Anschlaggewicht mochte geschätzt bei knapp über fünfzig Gramm liegen. Das konnte ein Vorteil für den Vortragenden sein oder auch ein Nachteil, je nachdem, auf welchem Instrument er vorher geübt hatte. Mikhail hatte sich im Laufe seiner pianistischen Arbeit darauf einstellen können, mit jedem Instrument, welches ihm hingestellt worden war, klarzukommen, aber er wollte wenigstens wissen, was bei dem jetzt gespielten Instrument auf seine Schüler zukäme. Wer eigentlich würde gleich kommen? Mikhail sah auf den Zettel, der auf dem Klavier lag. Erst diese Kim Schröder, dann Stephen Summers. Eigentlich erfreulich, dass diese beiden sich neben anderen für den Vertiefungskurs in Sachen Schubert eingeschrieben hatten. Ob das wirklich die Stimme dieser Kim gewesen war, die er im Eiskaffee gehört hatte? Immer fair, hatte er gehört, aber das war er doch eigentlich immer.

Wunderschön die Klangfolgen bei diesem Impromptu, diese Chromatik. Mikhail spielte weiter und begann mit dem in Des-Dur notierten Trio. Ober- und Unterstimme gleichberechtigt, ja besser zweistimmig spielen, in der Oberstimme die Akzente ausspielen, aber bitte in der Unterstimme nicht die Akzente vergessen! Hier ein Akzent pro Takt! So hätte er es in einer Lektion gesagt. Mikhail schloss die Augen und wiederholte den ersten Teil des Trios. Wie schön! Er wiederholte ein weiteres Mal. Der zweite Teil des Trios begann in des-Moll, um zuletzt wieder den ersten Teil des Trios aufzugreifen. Mikhail wiederholte auch diesen Teil. Dann die Überleitung auf das Thema, der gebrochene Des-Dur-Akkord, danach des-Moll, dann b-Moll und schließlich Es-Dur. Es-Dur als Dominant-Sept-Akkord auf die nachfolgende Tonika in As-Dur, eigentlich völlig banal, aber gänzlich untypisch für Schubert, hätte er in einer Lektion gesagt. Mikhail spielte bis zum Ende. Dann begann er noch einmal mit diesem Impromptu. Wie wunderschön! Eigentlich reichte *ein* derartiges Musikstück, um einen Tonkünstler unsterblich zu machen, aber wie viele solcher Stücke hatte Schubert komponiert!

Der Kurzurlaub mit Claudia war eigentlich ganz schön gewesen. Sie waren viel spazieren gegangen und das Essen in dem kleinen Landgasthof war wirklich vortrefflich gewesen. Gemüse der Saison und heimisches Fleisch hatten auf der Speisekarte gestanden. Eine Frikadelle galt ja nicht unbedingt als eine Delikatesse, sondern eher als ein Gericht, um den Hunger zu stillen, aber diese Frikadellen vom Bunten Bentheimer Schwein waren eine echte Sensation gewesen. Hauchzart die Würze mit Majoran, dazu die frischen Bratkartoffeln und das gedünstete Wirsinggemüse, wirklich exzellent. Claudia hatte sich eigentlich wieder ganz normal verhalten. Nun gut, einmal hatte ein wirklich großer Greifvogel ganz nahe über ihnen geschwebt und Claudia war dabei gewesen, panisch zu werden, aber er, Mikhail, hatte sie zu einem Waldstück geleiten und sie beruhigen können. Aber das war doch wirklich ganz natürlich, einen so großen Greifvogel – Mikhail hatte auf einen Adler getippt – als Bedrohung zu erleben. Nachts hatte sie sich, wie im

Augenblick immer, von ihm ferngehalten. Das war wohl der Preis für die Hormontabletten. Mikhail spielte das Crescendo und endete im Ritardando auf dem Schlussakkord. Er war nicht bei der Sache gewesen, aber irgendjemand klatschte.

„Ja bitte", sagte er und drehte seinen Kopf. Da saß eine junge Frau auf dem Stuhl für wartende Schüler. Kleine Hornbrille, schwarze Haare mit einem Stich ins Rötliche, Kostüm, richtig damenhaft, würde man sagen. Sollte das wirklich diese Kim Schröder sein? Ja, sicher, sie musste es sein, aber wie hatte sie sich verändert! Was war passiert? Modeberatung? Visagist? Persönlichkeitsprogress? Wie nannte man das heutzutage? „Wie lange sitzen Sie hier?" fragte Mikhail.

„Ganz wenige Minuten. Ich habe nicht geklopft, da ich Klavierspiel hörte. Da bin ich ganz leise hereingekommen und sah Sie am Klavier. Wie Sie das Impromptu gespielt haben, das war so ergreifend, ich musste einfach klatschen, auch wenn es eigentlich nicht üblich ist."

„Schon gut", sagte Mikhail nicht unfreundlich. „Dann konnten Sie ja schon ein wenig in Schuberts Musik eintauchen. Am besten fangen wir gleich mit der Lektion an: die G-Dur-Sonate von Schubert. Sie hatten jetzt zwei Wochen Zeit, sich mit diesem Werk zu beschäftigen. In solch kurzer Zeit kann man natürlich nicht alle Schätze heben. Wie kommen Sie zurecht?"

„Nicht mit jedem Satz gleich gut", sagte Kim. „Mit dem ersten Satz eigentlich sehr gut, aber mit dem zweiten und vierten Satz habe ich Schwierigkeiten."

„Das ist völlig normal", sagte Mikhail. „Am besten, wir besprechen die Sonate vorab und ich erzähle Ihnen aus dem Bauch heraus, was ich für wichtig halte. Sie können dabei gerne in den Notentext schauen. Sie haben die Urtextausgabe?"

„Natürlich", sagte Kim Schröder. Eigentlich war es üblich, ja im Grunde zwingend notwendig, dass Schüler mit der Ausgabe arbeiteten, die der jeweilige Dozent vorgab, aber von dieser Arbeitsweise wurde in letzter Zeit doch zunehmend abgewichen und kopierte oder heruntergeladene Noten jedweder Herkunft kamen zum Einsatz.

„Der erste Satz", sagte Mikhail, doch dann korrigierte er sich. „Nein, zunächst zur ganzen Sonate. Es ist eine Sonate, die aus vier Sätzen besteht. Eigentlich ist das, was ich gesagt habe, völlig trivial, die Aufführungspraxis ist aber leider anders. Wie oft muss ich dabei zuhören, dass eigentlich nur der erste Satz gespielt wird und dann die drei anderen Sätze als Appendices, sozusagen als notwendige Übel, angehängt werden. Bitte berücksichtigen Sie beim Studieren und Üben, dass Sie vier gleichwertige Sätze vor sich haben, auch wenn der erste von der Spieldauer her die Hälfte der ganzen Sonate ausmacht."
Kim nickte.
„Nun zum ersten Satz", fuhr Mikhail fort, „wenn es Ihnen zu theoretisch wird, unterbrechen Sie mich bitte."
„Nein, ich finde das, was Sie erzählen, spannend."
„Na ja", sagte Mikhail und musste lächeln, „sagen wir besser: für Ihr Schubert-Spiel wichtig. Aber zurück zum ersten Satz: Immer daran denken, was Schubert über den ersten Takt geschrieben hat: Molto moderato e cantabile. Hören Sie: Molto moderato e cantabile. Und genauso spielen Sie diesen Satz mit seinem punktierten Rhythmus und seinem Swing. Und natürlich auch, wie in dem Impromptu, das Sie gerade gehört haben: sempre legato. Ganz besonders bei der Stelle, die bei Takt 49 beginnt."
Kim suchte in ihren Noten.

„In Ihrer Ausgabe der letzte Takt auf der dritten Seite", sagte Mikhail.

„Ja, habe ich."

„Hier die Oberstimme hervortreten lassen und ganz streng binden. Den Fingersatz Ihrer Ausgabe sollten Sie an dieser Stelle vergessen. Sonst ist der Fingersatz des Herausgebers wirklich gut, aber hier bin ich anderer Meinung. Können Sie die Oktave mit dem ersten und vierten Finger greifen?"

Kim versuchte es. „Es geht gut." Apart sah sie aus, ja apart war wohl der richtige Ausdruck, ganz anders als früher in ihren Jeans und ihrem Schlabberpullover.

Mikhail schrieb den besprochenen Fingersatz über den Notentext. „Dann zum zweiten Satz, der ist am Anfang rhythmisch etwas vertrackt." Mikhail fuhr fort.

„Beim dritten Satz, dem Menuetto, achten Sie auf das ganz zarte Trio ..."

„Der vierte Satz ist schwer zu gestalten", sagte Mikhail. „Wenn Sie da keine Spannung über die Dynamik reinbringen, dann hört es sich langweilig an, ja fast vulgär."

„Das habe ich leider nicht verstanden", sagte Kim. „Spannung über die Dynamik. Was meinen Sie damit?"

„Entschuldigung. Dann werde ich wohl zu kompliziert erklärt haben. Am besten spiele ich den Satz mal an." Mikhail setzte sich an das Klavier und spielte. „Das war zunächst die Version, die ich von Ihnen nicht hören möchte. Ich will es aber noch einmal spielen." Mikhail spielte erneut. „Hören Sie? So klingt es ganz anders."

„Das kann ich jetzt verstehen", sagte Kim, „mit allen Schattierungen der Lautstärke arbeiten und Akzente setzen."

„Genau", kommentierte Mikhail, „sehr präzise formuliert."

„Wenn Sie spielen, kann ich es gut verstehen", sagte Kim. „Sonst muss ich immer einen Umweg machen. Erst gesprochene Worte, dann Musik, dann wieder gesprochene Worte. Ich muss immer übersetzen. Am Klavier brauche ich das nicht."

„Ein guter Hinweis", sagte Mikhail, „ich werde mich bemühen, das in Zukunft zu berücksichtigen."

Die Tür öffnete sich, Stephen Summers kam herein und setzte sich, so lautlos er konnte, auf den Stuhl für wartende Schüler. Mikhail sah auf die Uhr und wandte sich an Kim: „Herr Summers ist pünktlich, dann wären wir für heute fertig. Für die nächste Lektion den ersten Satz der G-Dur-Sonate, ich denke, mit der Exposition werden wir genug zu tun haben und denken Sie daran: Molto moderato e cantabile und sempre legato." Mikhail hob seinen rechten Zeigefinger.

„Ja, Maestro." Kim lachte. „Molto moderato e cantabile und sempre legato. Danke, Maestro." Sie ging zur Tür.

„Kommen Sie, Herr Summers", sagte Mikhail. „Die Wanderer-Fantasie. Ich bin gespannt."

Mikhail stand an der Fußgängerampel und wartete auf Grün. Eigentlich hatte diese Kim Schröder recht. Was sollten alle verbalen Erklärungen, wenn es um Musik ging. Musik war im Grunde nichts zum Übersetzen in Sprache, sonders etwas zum Spielen und zum Hören. Musik sollte direkt über das Ohr ins Herz gehen. Auf der anderen Seite hatte er, Mikhail, natürlich auch einen pädagogischen Auftrag und da musste man eben manchmal etwas mit Worten erklären. Vielleicht gehörte diese Kim einfach nur zu einem bestimmten Lern-Typ. „Wie war Dein Tag?" Würde Claudia ihn das gleich fragen und könnte er sie in seine Arme nehmen? Es wäre schön. Die Ampel sprang auf Grün. Mikhail setzte sich in Marsch.

G-Dur-Sonate, zweite Lektion

Mikhail hatte sich umgezogen. Er hängte den schwarzen Anzug in die Garderobe und die schwarze Krawatte darüber. Er durfte nicht vergessen, die Sachen abends mit nach Hause zu nehmen. Er sah an sich herunter. Cordhose, Polohemd und Jackett sahen zum Unterrichten neutraler aus. Er verschloss die Tür seines Dienstzimmers, ging zum Übungsraum und setzte sich ans Klavier. Er sah auf die Uhr. Schon halb zwei. Er hatte noch eine halbe Stunde Zeit. Um zwei Uhr käme Kim Schröder und eine Stunde später Stephen Summers. Die Termine der beiden anderen Schüler hatte er auf den nächsten Tag verschieben lassen. Bevor die Lektion begann, wollte Mikhail noch etwas spielen, um ein bisschen Abstand zu bekommen. Er überlegte. Eigentlich wäre es schön, wenigstens den ersten Satz aus der G-Dur-Sonate zu spielen, aber das wäre Kim Schröder gegenüber nicht fair. Käme sie wie bei der letzten Lektion lautlos in den Übungsraum und setzte sich auf den Stuhl für wartende Schüler, würde Sie ihre eigenen Fähigkeiten mit denen ihres Lehrers vergleichen. Wie hieß es im Jargon? Dem anderen einen vorturnen. Nein, so etwas sollte ein seriöser Pädagoge nie tun. Mikhail begann mit den punktierten Rhythmen des ersten As-Dur-Stücks aus den Moments musicaux, doch als er nach fis-Moll kam, brach er ab. Das war ihm im Augenblick zu hart. Ivanovic war gefasst gewesen, als er zwischen seinen beiden Töchtern am Grab seiner Frau stand, ganz bleich, aber gefasst, mit einem tränenlosen Gesicht. Wie würde es ihm jetzt, ein paar Stunden später, gehen?

Das Rondo in D-Dur von Mozart? Mikhail begann. Mit ganz feinem Anschlag musste man das Werk spielen und auf jede Nuance achten. Mikhail ging gerade in die Wiederholung der Exposition, als er hörte, wie sich eine Tür öffnete. Danach vorsichtige Schritte, die wohl an einem Stuhl oder sonstwo endeten. Mikhail zwang sich, nicht aufzublicken und das Rondo ganz bis zu Ende zu spielen.

Dann sah er auf. Kim Schröder saß auf dem Stuhl für wartende Schüler. „Ah, Frau Schröder. Es tut mir leid, wenn ich Sie habe warten lassen, aber ich wollte dieses Musikstück noch zu Ende spielen."

„Als ich kam, war ich zu früh dran", sagte Kim Schröder. „Erst wollte ich an der Tür lauschen, aber dann dachte ich mir, irgendwann müsse ich ja mal hereinkommen. Dann bin ich ganz leise bis zum Stuhl gegangen und habe zugehört."

„Ein schönes Stück", sagte Mikhail, „kennen Sie es?"

„Ja", sagte Kim, „das D-Dur-Rondo von Mozart." Sie schluckte. „Maestro", sagte sie, „so habe ich dieses Rondo noch nie gehört."

„Haben Sie es schon gespielt?", fragte Mikhail. Er wollte auf eine neutrale Ebene.

„Maestro", sagte Kim nach einer Pause. „Ich weiß nicht, ob mir ein Kommentar zusteht, aber wie Sie gespielt haben, da haben Sie ganz viel hineingelegt, Heiterkeit, Nachdenklichkeit und auch einen ganz subtilen Schmerz. Eigentlich kann ich gar nichts mehr sagen."

„Gerade", sagte Mikhail langsam, „haben wir die Frau eines wirklich geschätzten Kollegen zu Grabe getragen." Warum nur ließ er sich auf ein solches Gespräch ein?

„Soll ich einen neuen Termin abmachen?", fragte Kim.

„Nein", sagte Mikhail, „es wird gehen. Und bei Ihnen?"

„Es wird gehen", sagte Kim.

„Gut", sagte Mikhail. Er musste unbedingt wieder in seine Rolle als Musikpädagoge zurück. Er stand auf und wies mit einer einladenden Bewegung auf die Klavierbank. „Bitte. Die G-Dur-Sonate, beginnen Sie mit der Exposition."

„Schön", sagte Mikhail, als Kim die Exposition beendet hatte. „Molto moderato e cantabile. Sie haben es beherzigt. Auch die Legato-Passage ab Takt 49 haben Sie sehr schön herausgearbeitet. Aber jetzt spielen Sie das Ganze bitte noch einmal."

„Was war denn?", fragte Kim erschreckt.

„Kein Grund zur Sorge." Mikhail verzog das Gesicht zu einem Lächeln. „Ich will es Ihnen erklären. Es gibt zwei Gründe. Zum einen: Sie sollen die Exposition wiederholen, um zu erkennen, dass die Wiederholung notwendig ist. Gut, Schubert hat sie notiert, im Grunde müsste man darüber nicht diskutieren. Es wird aber diskutiert. Das hängt auch mit der Länge dieses Satzes und der ganzen Sonate zusammen. Sechs Minuten für die Exposition mal zwei sind immerhin schon zwölf Minuten. Aber wenn Sie jetzt gleich wiederholen, werden Sie feststellen, dass Sie die eine oder andere Nuance doch ein bisschen anders darstellen werden als beim ersten Spielen. Das ist wie bei einem Edelstein. Je nachdem, wie das Licht darauf fällt, glänzt er eben doch unterschiedlich." Mikhail machte eine Pause.

„Und der andere Grund?", fragte Kim.

„Konzentrieren Sie sich ganz auf Schuberts Musik", sagte Mikhail. „Tauchen Sie ganz tief ein, lassen Sie es werden und denken Sie nicht über mögliche Fehler nach. Spielen Sie einfach!"

„Ich will es versuchen", sagte Kim.

„Ja", sagte Mikhail. „So war es noch besser als beim ersten Mal. Haben Sie bemerkt, dass Sie die Klangfarben noch schöner gemischt haben als beim ersten Spielen?"

„Ich glaube schon."

„Ich sage Ihnen, das haben Sie wirklich. Das ist, wie schon besprochen, auch der Grund für die Wiederholung der

Exposition, dieses Eintauchen in die Chromatik Schuberts. To chroma – die Farbe, Chromatik – ein Farbspiel mit Tönen, mit Klängen. Und Schubert ist in dieser Hinsicht ein ganz großer Chromatiker. Aber", Mikhail hob die Hände, „das habe ich sicherlich schon hundert Mal erzählt."

„Zum zweiten Mal", sagte Kim, „aber es klingt so lebendig, wenn Sie das sagen."

„Nun ja", sagte Mikhail und sah auf die Uhr. „Wir haben noch einige Minuten, dann steigen wir mal ins Feintuning ein. Beginnen wir mit der Dynamik. Sehen Sie, hier steht forte. Arbeiten Sie langsam auf das Forte hin. Aber nicht mehr, nicht fortissimo, nicht forte-fortissimo, das kommt erst in der Durchführung! Bitte ab dem Pianissimo in Takt 17."

Mikhail stand an der Fußgängerampel und wartete auf Grün. Ihm fiel ein, dass er den schwarzen Anzug und die schwarze Krawatte in seinem Dienstzimmer vergessen hatte. Vielleicht war es ganz gut so, dann konnte er morgen eine Plastiktüte mitbringen. Das sah neutraler aus als mit einem schwarzen Anzug über dem Arm nach Hause zu gehen. Wie mochte es Ivanovic gehen? Elend hatte er auf der Beerdigung ausgesehen. Manchmal merkwürdig, diese Kim, aber sehr musikalisch. Er musste aufpassen, dass er sich solche Gespräche wie am Nachmittag nicht weiter aufzwingen ließ. Nein, nein, das war zu persönlich. Oder lud er mit seinem Verhalten zu derartigen Gesprächen ein? Die Ampel sprang auf Grün und Mikhail setzte sich in Bewegung. Mal sehen, wie Claudia drauf war.

Claudia kam, eine Schürze umgebunden, aus der Küche in den Flur, während Mikhail seinen Mantel in die Garderobe hängte. Sie küsste ihn leicht auf die Wange. „Und, wie war Dein Tag?"

„Eigentlich ganz schön", sagte Mikhail. Von der Beerdigung wollte er nicht erzählen. Er wollte Claudia damit nicht belasten. Er nahm sie in den Arm.

„Ich muss in die Küche, sonst brennt mir die Senfsauce an", sagte Claudia und drehte sich aus Mikhails Arm. „Setz Dich zu mir in die Küche."

Mikhail setzte sich an den Küchentisch. „Was gibt es denn?"

„Ein neues Gericht. Habe ich gerade ausprobiert."

„Da bin ich aber neugierig", sagte Mikhail.

„Ein ganz leichtes Essen: Zucchini-Stiftchen, gedünsteter Fisch und dazu eine Senfsauce, das geht ultraschnell, ist gesund und, wie gesagt, ganz leicht. Ich fülle eben die Senfsauce in ein Schälchen, dann stelle ich alles in den vorgeheizten Backofen. Wir können jederzeit essen."

„Warum nicht gleich?", fragte Mikhail, „der Tisch ist doch schon gedeckt und ein bisschen Hunger habe ich auch schon."

„Dann serviere ich mal." Claudia stellte zwei Schüsseln und ein Schälchen auf den Tisch. „Das sind die Zucchini-Stiftchen. Einfach mit dem Sparschäler geschnitten, drei Minuten in kochendes Wasser und fertig. Den Fisch, es ist Rotbarschfilet, den habe ich gedünstet. Und die Senfsauce ging auch ganz schnell. Probier mal, ist sie Dir zu scharf?"

Mikhail kostete. „Nein, sehr gut. Pikant, aber nicht zu scharf. Genau richtig. Wo hast Du das Rezept für dieses Essen her?"

„Selbst ausgedacht."

„Kompliment." Mikhail füllte seinen Teller.

„Nochmals ein Kompliment." Mikhail legte sein Besteck neben den leeren Teller. „Wirklich delikat. Das kommt in der Qualität an den kleinen Landgasthof heran, in dem wir den Kurzurlaub gemacht haben."

„Jetzt übertreibst Du aber."

„Ich meine es ernst", sagte Mikhail.

„Du hast mir gar nichts von Frau Ivanovic erzählt. Ich habe die Todesanzeige in der Zeitung gesehen. Heute war doch die Beerdigung."

„Ich war da", sagte Mikhail, „einerseits als Mitglied der Fakultät, andererseits, weil es mir auch sonst wichtig war. Viel haben wir ja nicht miteinander zu tun, aber ich mag Ivanovic irgendwie. Aber ich habe Dir nichts davon erzählt, ich wollte Dich nicht belasten."

„War ich so schlimm?"

„Nicht schlimm", sagte Mikhail, „aber Du schienst mir überarbeitet. Und dann war da noch die Sache mit der Biopsie. Die hat Dich auch mitgenommen. Ich glaube, unser Kurzurlaub hat Dir gut getan. Du kannst Dir gar nicht vorstellen, wie ich mich gefreut habe, als Du gerade aus der Küche kamst."

Claudia legte ihre Hand auf Mikhails.

„Du hast es gemerkt, ich bin ziemlich runtergeregelt. Du weißt, was ich meine."

„Ja", sagte Mikhail.

„Berührungen oder auch mehr ertrage ich im Augenblick nicht."

„Das wird schon wieder", meinte Mikhail, „da bin ich ganz zuversichtlich."

„Weißt Du was?", sagte Claudia, „ich belade eben die Spülmaschine, dann gehen wir in Dein Arbeitszimmer und Du spielst mir Dein Stück vor, die Fantaisie."

„Eine gute Idee", sagte Mikhail und erhob sich, „aber es ist Dein Stück, es gehört Dir."

„Unser Stück."

„Wie auch immer", sagte Mikhail, „vielleicht lässt Du mich noch ein paar Minuten üben."

„Ich glaube es nicht", lachte Claudia, „Mikhail Ristau, Pianist und Komponist von Rang, geht zum Üben. Wie lange brauchst Du?"

„Gib mir fünf Minuten. In der Coda, da ist eine Stelle, die ist ein bisschen tricky."

G-Dur-Sonate, dritte Lektion

Mikhail setzte sich ans Klavier. Die Lektion war beendet und der Schüler hatte gerade die Tür des Übungsraums hinter sich geschlossen. Bei diesem Schüler wartete noch viel Arbeit auf ihn. Einen Schubert-Vertiefungskurs hatte er doch angeboten und keinen Anfängerkurs! Bei Schubert konnte man nun einmal nicht einfach von A nach B gehen, man musste sich Zeit nehmen und die Klangrede musste sich entwickeln. Gottlob gab es auch Lichtblicke. Dieser Stephen Summers machte sich eigentlich besser als er, Mikhail, erwartet hatte und ließ sich in letzter Zeit auch mehr sagen. Und diese Kim Schröder. Was deren Musikalität betraf – was hatte die für ein Potential. Aber manchmal wurde er aus ihr nicht so recht schlau. Mikhail sah auf die Uhr. Noch eine Viertelstunde, dann begänne ihre Lektion. Er hatte noch Zeit, etwas zu spielen. Chopin. Das Des-Dur-Nocturne, das hatte er schon lange nicht mehr gespielt. Achten Sie darauf, wie die Ostinato-Bässe chromatisch moduliert werden, und lassen Sie die Oberstimme, die ständig variiert, darüber schweben. Nein, er gab jetzt keine Lektion.

Die Tür zum Übungsraum öffnete sich. Mikhail nahm den Zettel vom Klavier und blickte noch einmal drauf. „Herr Summers, was machen Sie denn hier?"
„Kim – ich meine, Frau Schröder – und ich haben getauscht."
„Nun gut", sagte Mikhail.
„Ist das nicht recht?"
„Doch, doch", sagte Mikhail. „Fangen wir gleich an. Sie haben die letzte Lektion der Wanderer-Fantasie noch im Kopf?"
„Natürlich", sagte Stephen Summers.
„Dann spielen Sie bitte noch einmal das Allegro an."
Stephen Summers begann. Mikhail ließ seinen Schüler spielen, doch dann unterbrach er. „Herr Summers, ich

unterbreche nicht gerne, aber könnten Sie bitte noch einmal vorlesen, was über dem ersten Takt steht?"

„Allegro con fuoco ma non troppo", sagte Stephen Summers. „Ich weiß es auswendig. War ich wieder zu schnell?"

„Herr Summers, Ihre technischen Fähigkeiten in allen Ehren, aber wenn Sie das Allegro so schnell nehmen, wie wollen Sie später das Presto spielen? Wir heißen beide nicht Horowitz."

Stephen Summers begann zu lachen. „Danke für den Hinweis, Professor."

„Also gut, beim nächsten Mal dann das Adagio", sagte Mikhail. „Wenn Sie es spielen, lassen Sie sich Zeit."

„Ja, Professor, ich werde es so langsam wie möglich spielen."

„Ich erwarte von Ihnen kein sentimentales Lento", sagte Mikhail, „gestalten Sie einfach ganz ruhig das cis-Moll-Eingangsthema und die nachfolgenden Variationen."

Die Tür ging und Kim Schröder trat ein. Mikhail sah auf die Uhr. „Herr Summers, wir haben noch fünf Minuten. Wollen Sie Ihrer Kommilitonin aus der Wanderer-Fantasie vorspielen? Die ersten dreißig Takte? Das wäre für sie ein schöner erster Eindruck."

„Gerne." Stephen Summers begann mit der Wanderer-Fantasie und endete mit dem dreißigsten Takt.

„Gut. Con fuoco ma non troppo", sagte Mikhail, „genau wie Schubert es notiert hat. Nun wollen wir Ihre Kommilitonin aber nicht länger warten lassen. Beim nächsten Mal könnte Frau Schröder Sie in die Farbenwelt der G-Dur-Sonate einführen."

„Gerne, Professor", sagte Stephen Summers, „und Danke." Er ging zur Tür und schloss diese hinter sich.

„Sie stellen niemals einen Schüler vor einem anderen bloß", sagte Kim Schröder und setzte sich auf die Klavierbank.

„Na ja", sagte Mikhail. Er wollte sich nicht wieder in Gesprächsinhalte wie in der letzten Lektion verwickeln lassen. „Ich denke, jeder Schüler, der hier sitzt, gibt sein Bestes."

„Natürlich", sagte Kim.

„Wie auch immer, jetzt zur G-Dur-Sonate. Die Durchführung des ersten Satzes. Spielen Sie bis zur Überleitung auf die Reprise."

„Ja schön", sagte Mikhail. „Sie haben wirklich schön auf das jeweilige Forte-fortissimo gesteigert, das erste in b-Moll, das zweite in c-Moll. Sie haben viel Ton gegeben, aber nicht auf das Klavier eingeprügelt. Ich persönlich meine allerdings, dass das zweite Forte-fortissimo, das in c-Moll, den eigentlichen Kulminationspunkt darstellt. Das bitte eine Nuance prononcierter als das in b-Moll."

„So?", fragte Kim.

„Ja, sehr schön. Aber jetzt noch etwas zu der Piano-Stelle vor der Überleitung ..."

Es klopfte an die Tür. „Ja bitte", rief Mikhail etwas unwirsch. Er wurde ungern in einer Lektion gestört. Die Tür öffnete sich. Die Dekanatssekretärin kam herein. „Herr Professor, ich weiß, ich komme ungelegen, aber ich habe einen Anruf für Sie entgegengenommen. Ein Herr wollte Sie sprechen. Es sei nicht brandeilig, aber wichtig. Ob Sie noch im Laufe des Tages zurückrufen könnten?"

„Hätte Sie mit dieser Information nicht bis nach der Lektion warten können?", fragte Mikhail.

„Nein, leider nicht. Ich bin auf dem Sprung." Die Sekretärin näherte sich dem Klavier. „Ich muss zum Zahnarzt. Ich lege Ihnen den Zettel auf das Klavier. Da stehen Name und Telefonnummer drauf."

„Zahnarzt", sagte Mikhail, „mein Mitgefühl. Je schneller Sie jetzt gehen, umso eher haben Sie es hinter sich."

„Danke, Herr Professor." Die Sekretärin verließ den Übungsraum.

„Sitzen Sie gerne in einem Zahnarztstuhl?", fragte Mikhail. Kim schüttelte mit dem Kopf und verzog das Gesicht. „Ein grässlicher Gedanke. Wollen Sie die Piano-Stelle vor der Überleitung noch einmal hören? Was gibt es da noch zu verbessern?"

„Nichts", sagte Mikhail, „da gibt es nichts zu verbessern." Dann sah er, wie sich Kims Hals rötete und sich diese Röte auf das ganze Gesicht ausbreitete.

Die Ampel am Fußgängerübergang stand noch auf Grün. Mikhail beschleunigte seine Schritte. Eigentlich war doch mit Claudia zuletzt wieder alles weitgehend in Ordnung gewesen. Aber jetzt dieser Anruf. Er musste mit Claudia sprechen. Als Dr. Wolters hatte sich der Anrufer, den Mikhail zurückgerufen hatte, vorgestellt und Mikhail hatte nach einigem Hin und Her herausgefunden, dass es sich um den Leiter der Kulturredaktion eines überregionalen Magazins handelte. Er hatte sich mehrfach dafür entschuldigt, Mikhail im Dienst gestört zu haben, und war dann zum Kern gekommen. „Wir warten auf das Interview Ihrer Frau mit Hugo LaPorta."

„Hugo LaPorta, ein großartiger Gitarrenvirtuose", hatte Mikhail gesagt, „der hat doch vor einiger Zeit in unserer Stadt konzertiert. Ich erinnere mich, meine Frau sprach davon, ihn interviewen zu wollen."

„Richtig", hatte Dr. Wolters geantwortet, „genau richtig. *Vor einiger Zeit*. Ihre Frau hatte uns das Interview mit ihm versprochen."

„Aber das hat sie meines Wissens doch auch durchgeführt."

„Das kann sein, aber wir haben noch nichts schriftlich bekommen. Wir sind in Zeitdruck." Dr. Wolters hatte ein wenig hektisch geklungen. „Die nächste Ausgabe muss vor dem Druck natürlich redaktionell fertig sein und wir haben Platz für das Interview freigehalten. Im Augenblick haben wir da vier Leerseiten. Was die Fotos vom Künstler angeht, da können wir mit Archivbildern variieren, aber ganz ohne Text geht ein Interview nun einmal nicht."

„Das verstehe ich", hatte Mikhail gesagt. „Bis wann brauchen Sie das Interview?"

„Am besten natürlich sofort."

„Wann wäre der letzte Termin?"

„Übermorgen."

„Herr Dr. Wolters, ich kümmere mich darum. Da muss etwas schief gelaufen sein."

„Das wäre nett. Und bitte entschuldigen Sie, Herr Professor Ristau, dass ich Sie im Dienst behellige. Das ist überhaupt nicht meine sonstige Art. Ich habe Ihre Frau auch noch nie mahnen müssen, deswegen habe ich bis zur letzten Woche auch gar nichts unternommen. Aber jetzt hat sie auf zwei E-Mails nicht reagiert und meiner Bitte um Rückruf auf dem Anrufbeantworter ist sie auch nicht nachgekommen. Wenn ich mich an Sie wende, sozusagen hinter dem Rücken Ihrer Frau – ich bin einfach in Not."

„Das verstehe ich vollkommen", hatte Mikhail gesagt.

„Die Interviews Ihrer Frau sind immer so erfrischend, so natürlich und überhaupt nicht gekünstelt, sie bringt den Interviewten so authentisch rüber, solch eine Mitarbeiterin wollen wir doch nicht verlieren. Sagen Sie, Herr Professor Ristau, ist etwas mit Ihrer Frau?"

„Sie hatte in der letzten Zeit unglaublich viel um die Ohren", hatte Mikhail gesagt, „ich fürchte fast, da könnte das Interview untergegangen sein."

„Etwas Ernstes?", hatte Dr. Wolters gefragt.

„Nein, nichts Ernstes, nur eben unglaublich viel. Aber, wie ich schon sagte, ich kümmere mich sofort darum", hatte Mikhail geantwortet.

Mikhail stellte seine Tasche ab und hängte die Jacke in die Garderobe. Dann rief er nach Claudia, doch die meldete sich nicht. Richtig, Claudia hatte doch an diesem Tag ihr Drei-Mädel-Treffen. Mal sehen, was für eine Wandertour die drei diesmal aushecken würden. Claudia hatte zunächst vom Pfälzerwald gesprochen, den es zu erkunden gelte, später aber auch vom Rheinsteig mit seinen wunderschönen Tiefblicken. Mikhail ging in Claudias Zimmer. Wie selten er doch in diesem Zimmer war! Eigentlich völlig logisch, wenn Claudia arbeitete, wollte er nicht stören, und umgekehrt, wenn er arbeitete, wollte Claudia nicht stören. Und sonst waren Küche, Wohn- und Schlafzimmer eben gemeinsame Räume. Schlafzimmer, na ja, aber das würde wieder werden. Mikhail sah sich auf Claudias Schreibtisch um. Da war doch eine rote Mappe mit der Aufschrift „Hugo LaPorta". Mikhail schlug die Mappe auf. Vier handschriftliche Seiten. Das mussten Claudias Notizen vom Interview sein, aufgezeichnet in der ihr eigenen Mischung aus Abkürzungen und Satzfragmenten. Früher war es Mikhail fast unmöglich gewesen, so etwas zu entziffern, aber inzwischen hatte er sich daran gewöhnt. Wo waren die Ausarbeitungen? Jeden Text, den Claudia am PC schrieb, druckte sie aus und heftete sie in einem Ordner ab. „Interviews VIII" war der aktuellste Ordner. Mikhail zog ihn heraus und schlug ihn auf. Wie immer, jedes Interview von dem vorigen durch einen gelben Trennstreifen getrennt, nur ganz vorne im Ordner ein gelber Trennstreifen mit „Hugo LaPorta", dahinter aber kein Text. Mikhail stellte den Ordner zurück. Ihm war unwohl. Übergriffigkeit, Nachspionieren, seiner Frau den Job retten, ihr ganz selbstverständlich zur Seite stehen, wenn es mal nicht so lief – wie sollte man das nennen?

Mikhail sah auf die Uhr. Elf Uhr abends. Zeit, ins Bett zu gehen. Das Drei-Mädel-Treffen dauerte traditionell lange. Mikhail erinnerte sich an das letzte. Da hatte er sich schon im Tiefschlaf befunden, aber Claudia hatte ihn geweckt. „Ich muss Dir unbedingt etwas erzählen." Mit strahlenden Augen hatte sie von ihrer nächsten Tour erzählt und von den anderen Mädels und von diesem und von jenem. Dann hatte sie sich an ihn geschmiegt und ihn geküsst. Und dann hatte sie sich an den Knöpfen seines Schlafanzugs zu schaffen gemacht. „Ach, Mikhail."

Mikhail legte Claudias Aufzeichnungen in die rote Mappe zurück, darauf kamen die ausgedruckten Textseiten aus seinem PC. Ganz nach oben kam ein weiteres Blatt. Darauf stand handschriftlich: „Entwurf für das LaPorta-Interview. Dr. Wolters war in Not. Habe völlig unverbindlich einen Textvorschlag konzipiert." Mikhail stand auf, um die Mappe in Claudias Zimmer zu bringen. Doch dann setzte er sich wieder, schlug die Mappe auf und malte auf das Deckblatt neben den Text ein großes rotes Herz.

G-Dur-Sonate, vierte Lektion

Mikhail speicherte ab und druckte aus. Was für ein Segen, diese Software für Kompositionsarbeit! Früher hatte er mit einem Bleistift dagesessen und Noten in ein leeres Notenheft geschrieben. Und wie war es erst zu Mozarts Zeiten gewesen! Don Giovanni – in Prag uraufgeführt. Da hatte Mozart gesessen und komponiert, die Kopierer hatten quasi hinter ihm gestanden, mit den Füßen gescharrt und auf ihre Arbeit gewartet, damit die Musiker endlich mit dem Proben beginnen konnten. Und Mozart hatte dann aufgrund der vielen Fehler beim Übertragungsmodus bei der Uraufführung vom Balkon herunter gebrüllt: „Wollt Ihr Kerle endlich Dis greifen!" Vielleicht war es auch nur Legendenbildung, vielleicht hatte er es auch nicht alles richtig in seinem Kopf abgespeichert, auf alle Fälle war Mikhail froh, über solche Software zu verfügen und auch sonst nicht unter demselben Zeitdruck wie Mozart komponieren zu müssen. An dem soeben ausgedruckten Stück musste er noch arbeiten, der Schluss war noch nicht ganz stringent, aber ansonsten war das Stück fast fertig. Ein Stück für Claudia. Vielleicht half ihr das wieder auf die Beine.

„Ich kann mich an jede Einzelheit des Interviews erinnern, im Grunde mit fotografischer Präzision: Wie wir da über Eck saßen und Hugo LaPorta auf meine Fragen antwortete und sich begeistert über Musik ausließ. Aber als ich in meinem Arbeitszimmer über den Notizen saß, um daraus einen Text zu machen, da überkam mich diese Antriebslosigkeit und diese Leere. Nenne es Blockade, fehlender Impetus, was wäre sonst die richtige Bezeichnung? Ich habe einfach verdrängt und nichts gemacht. Mikhail, was wäre gewesen, wenn Dr. Wolters nicht angerufen hätte und Du das Interview nicht für mich geschrieben hättest?"
„Davon wäre die Welt auch nicht untergegangen", hatte Mikhail gesagt. „Claudia, Du solltest eine Kur machen.

Tapetenwechsel, lange Spaziergänge, viel Sport, das müsste Dir doch helfen. Ich komme im Augenblick nicht weg, das laufende Semester bindet mich. Ich kann mich gerne selbst um eine passende Einrichtung kümmern, ich kann natürlich auch mit Professor Alberti sprechen, damit er einen Kurantrag ausfüllt. Vielleicht kann er mir auch eine gute Adresse geben. Soll ich Dir das abnehmen?"

Claudia hatte sich ein paar Tränen aus den Augen gewischt und war wieder ganz sachlich geworden: „Meinst Du wirklich, ich sollte eine Kur machen?"

„Ich will Dich nicht abschieben", hatte Mikhail gelacht, „ganz und gar nicht. Außerdem ist in der nächsten Woche ein Stück für Dich fertig, wann genau, weiß ich noch nicht. Das weiß ich erst, wenn die letzte Note steht. Eigentlich wollte ich Dich damit überraschen, aber jetzt ist es mir herausgerutscht. Ich werde es Dir in jedem Falle vorspielen. Aber eine Kur würde ich an Deiner Stelle schon machen."

„Mikhail", hatte Claudia gesagt, „Du musst nicht komponieren, um mich aufzuheitern oder anzuregen."

„Manchmal komponiere ich zum Zeitvertreib", hatte Mikhail geantwortet und mit den Schultern gezuckt, „mach Dir deswegen keine Sorgen."

Mikhail legte die ausgedruckten Blätter in eine Archivmappe aus Pappe. Er könnte, wäre vor den Lektionen noch Zeit, daran arbeiten. Drei Seiten, überschlägig fünfundvierzig Takte. Ein kurzes Stück, aber was war denn mit Chopins Es-Dur-Nocturne? Einundvierzig oder zweiundvierzig Takte – und doch Weltliteratur. Aber mit Chopin wollte er sich nicht vergleichen.

Was hatte Dr. Wolters am Telefon gesagt? Die Dekanatssekretärin hatte wieder einmal an die Tür des Unterrichtsraumes geklopft, war hereingekommen und hatte ihm mit einer kurzen Ansprache einen Zettel auf das Klavier gelegt. „Herr Dr. Wolters bittet um Rückruf."

„Ja, vielen Dank, Herr Professor Ristau, dass Sie sich um diese Angelegenheit gekümmert und mit Ihrer Frau gesprochen haben. Das Interview war auch gleich am nächsten Tag da."

„Nun hat ja alles doch noch geklappt", hatte Mikhail gesagt. „Waren Sie mit der Arbeit meiner Frau zufrieden?"

„Ja natürlich", hatte Dr. Wolters gesagt, „mehr als zufrieden. Wenn ich es einmal so sagen darf, ist Ihre Frau ja sehr wandlungsfähig und sie überrascht mich immer hinsichtlich ihrer Flexibilität. Das Interview war ein wenig anders als sonst, Ihre Frau hat sehr feinfühlig die weichen Seiten des Künstlers bearbeitet, ich würde mal sagen, mehr lyrisch. In der Malerei würde man sagen „sfumato", das heißt ..."

„Ja, ja", hatte Mikhail unterbrochen, „wie bei der Mona Lisa."

„Genau." Dr. Wolters hatte sich erheitert. „Genau."

„Ich könnte mir denken", hatte Mihail gesagt, „dass der Stil des Interviews meiner Frau sich möglicherweise an dem Klang einer Konzertgitarre orientiert hat, einem Instrument, welches nie neben einem großen Orchester bestehen könnte. Denken Sie an das ‚Concierto de Aranjuez' von Joaquín Rodrigo. Da hat der Komponist die Gitarrensoli und den Orchesterpart so komponiert, dass die sich nicht in die Quere kommen."

„Interessant", hatte Dr. Wolters gesagt, „ein sehr interessanter Aspekt, den habe ich ehrlicherweise überhaupt nicht bedacht. Wie Sie als Meister der Töne einen solchen Sachverhalt beurteilen! Herr Professor Ristau, vielen Dank für diesen Hinweis."

Fertig! Mikhail stellte die drei Notenblätter in die Notenhalterung des Klaviers im Übungsraum. Drei Seiten, fünfundvierzig Takte, eigentlich nicht viel, aber nun ja, da waren schon einige Emotionen drin. Mikhail spielte das Stück noch einmal. Des-Dur, cis-Moll im Mittelteil und dann wieder Des-Dur. Am Schluss der Sept-Akkord – eigentlich endete man nicht mit einem Sept-Akkord, man musste „schließen" – aber dieses Stück konnte nun einmal nur so und nicht anders beendet werden. Mikhail zog einen Kugelschreiber hervor und schrieb über den Notentext „Fragment". Ja, das war es wirklich – ein Fragment, ein fertiges Fragment.

„Herr Professor Ristau, ich störe leider schon wieder und äußerst ungern." Die Dekanatssekretärin war eingetreten. „Ein Professor Alberti ist in der Leitung."

Mikhail stand auf. „Stellen Sie in mein Dienstzimmer."

„Also, Sie sehen einen psychovegetativen Erschöpfungszustand ... Und die Klinik ist renommiert? ... Versepper Mühle, nie gehört ... Und nur achtzig Kilometer entfernt, das hört sich gut an, da könnte ich meine Frau ja an den Wochenenden besuchen ... Übernächste Woche schon, ja schön ... Und beihilfefähig, ja natürlich, ich hätte fast vergessen, dass ich ja beamteter Hochschullehrer bin ... Also, das wird schon, meinen Sie ... Herr Professor Alberti, dann ganz herzlichen Dank, dass Sie sich so schnell und so erfolgreich darum gekümmert haben ... Wie meinen Sie? Unter Kollegen? Einfach Alberti, ja natürlich, gern, Herr Alberti." Mikhail legte auf.

Mikhail betrat den Übungsraum. Kim Schröder war schon da, saß auf der Klavierbank und spielte. Als sie Mikhail bemerkte, hörte sie auf.

„Tut mir leid", sagte Mikhail, „ein wichtiges Telefonat." Dann sah er, dass Kim vor den Notenblättern seines Stücks saß. „Was machen Sie denn da?" Es klang scharf.

„Ich sah hier Noten. Und da habe ich daraus gespielt. Habe ich etwas falsch gemacht?"

„Schon in Ordnung", sagte Mikhail.

„Ich war ganz arglos", sagte Kim. „Und wenn ich etwas falsch gemacht habe, entschuldigen Sie bitte."

„Schon in Ordnung", wiederholte Mikhail, nahm die Notenblätter von der Halterung und legte sie in die Archivmappe. Er suchte vergeblich nach einem „magic word".

„Wenn alles in Ordnung ist, warum sind Sie dann so aufgebracht?"

„Ich bin eigentlich nicht aufgebracht", sagte Mikhail. Er hatte sich wieder im Griff. „Ich war nur erschreckt, als ich Sie vor meinen Noten sah. Sehen Sie, hier bin ich eine öffentliche Person, ich gebe Unterricht und so weiter. Aber das Komponieren ist für mich eine ganz private Angelegenheit und beides will ich auseinanderhalten."

„Als ich die Noten sah, ahnte ich, dass diese von Ihnen wären", sagte Kim, „als ich daraus gespielt hatte, wusste ich es. Entschuldigen Sie bitte noch einmal. Ich wollte nicht in Ihre Privatsphäre eindringen."

„*Ich* muss mich entschuldigen", sagte Mikhail. „*Ich* war es ja, der die Noten auf dem Klavier vergessen hatte. Es tut mir leid, dass ich Sie so angefahren habe. Eigentlich ist das nicht meine Art."

„Das weiß ich, Maestro. Sie sind sehr verständnisvoll."

Eine Pause war entstanden. „Nun gut", sagte Mikhail, „jetzt aber zu Schubert. Der zweite Satz der G-Dur-Sonate. Achten Sie zu Beginn auf die Rhythmik."

„Ja, Maestro." Kim begann. Dann brach sie ab. „Tut mir leid."

„Was ist?", fragte Mikhail.

„Der Schluss ist genial", sagte Kim.

„Welcher Schluss?" Mikhail war irritiert.

„Der Schluss Ihres Fragments. Scheinbar offen, aber doch so positiv. Ich kann es jetzt erst in Worte fassen."

„Schubert", mahnte Mikhail, „der zweite Satz. Bitte volle Konzentration."

„Entschuldigung." Kim begann erneut mit dem zweiten Satz der G-Dur-Sonate.

„Schön", sagte Mikhail. Er hatte Kim den ganzen Satz spielen lassen. „Da fehlt nicht mehr viel, nur noch ein wenig Feintuning. Was ich sehr positiv fand: Sie haben diesem Satz dieselbe Aufmerksamkeit und Intensität zuteilwerden lassen wie dem ersten Satz."

„Aber das haben Sie mir doch schon bei der Vorbesprechung zu dieser Sonate gesagt."

„Aber nicht jeder kann das umsetzen. Im Übrigen finde ich diesen Satz, diesen Variationssatz, musikalisch sehr anspruchsvoll."

„Danke, Maestro."

Die Tür zum Übungsraum öffnete sich. Stephen Summers kam herein und setzte sich so geräuschlos wie möglich auf den Stuhl für wartende Schüler.

Mikhail sah auf die Uhr. „Ah, Herr Summers. Dann kommen Sie ja gerade zur rechten Zeit. Hören Sie vor dem Adagio der Wanderer-Fantasie noch ein wenig in die G-Dur-Sonate hinein, Ihre Kommilitonin wird Sie einstimmen. Frau Schröder, was halten Sie von den ersten dreißig Takten des zweiten Satzes?"

„Sehr viel, Maestro." Mikhail sah, wie Kim Schröder, bevor sie zu spielen begann, den Sitz ihrer kleinen Hornbrille korrigierte und sich über ihr schwarzes Haar strich, welches einen Stich ins Rötliche aufwies. Damenhaft sah sie aus, ganz anders als früher, und musikalisch hatte sie einen gewaltigen Sprung getan. Auf keinen Fall durfte er vergessen, die Archivmappe mit dem Notentext seines Fragments mitzunehmen. Vielleicht wäre es möglich, Claudia am Abend das Stück vorzuspielen. Ob sie sich darüber freuen könnte?

G-Dur-Sonate, sechste Lektion

Mikhail schlug den Mantelkragen hoch. Hier, auf der Insel, nicht weit von den Institutsgebäuden, wehte ein scharfer Wind. Die Insel im Fluss, stromabwärts vom Stausee gelegen, war im Sommer eigentlich immer gut besucht, aber jetzt war Mikhail allein. Er konnte froh darüber sein, Handschuhe mitgenommen und angezogen zu haben. Wie war das früher im Studium gewesen? Da hatten sie vor einem Vorspiel Handschuhe getragen, die eine ganze oder eine halbe Nummer zu klein gewesen waren, um die Finger gelenkig zu machen. Eigentlich war es Spinnerei gewesen, aber eben ein psychologischer Trick, um wirklich alles Erdenkliche getan zu haben. Claudia ging ihm nicht aus dem Kopf. Mikhail zwang sich, an etwas anderes zu denken. Er hatte zu Mittag gegessen und noch eine gute Stunde von seiner Mittagspause. Später noch ein schneller Kaffee aus der Thermoskanne und dann in die Lektionen. Wie viele Lektionen hatte er im aktuellen Schubert-Kurs erteilt? Sechs? Sieben? Mikhail wusste es nicht auswendig.

Eigentlich passte es nicht ganz: Stephen Summers und Schuberts Musik, aber es war respektabel, wie dieser Schüler sich in die Wanderer-Fantasie eingearbeitet hatte beziehungsweise sich hatte einarbeiten lassen. Da hatte er, Mikhail, schon ganz anderes erlebt. Diese Kim Schröder war manchmal merkwürdig, aber sehr, sehr begabt. Unglaublich intuitiv. Der brauchte man fast gar nichts mehr zu erklären. Ob man ihr gelegentliches Verhalten als aufdringlich bezeichnen konnte? Wahrscheinlich nicht, sie hielt sich in manchen Situationen einfach nicht an das übliche Schüler-Lehrer-Verhalten. Nachdem sie sein Fragment gesehen und gespielt hatte, hatte sie ihn eine Lektion später noch einmal darauf angesprochen. „Maestro, wann werden Sie das Stück veröffentlichen?" Mikhail hatte sich zurückgehalten, er hatte versucht, neutral zu reagieren. Immerhin hatte er eine Lektion zuvor unpassend reagiert. „Nein", hatte er ganz ruhig gesagt, „das Fragment ist ein ganz privates Musikstück."

„Maestro", hatte Kim geantwortet, „Sie werden noch andere Stücke in ihrer Schublade haben. Aber das Fragment und diese anderen Stücke können Sie doch den Menschen nicht vorenthalten, besonders nicht ihren Schülern." Ihre Wangen hatten sich dabei gerötet.

„Nun lassen Sie mal." Mikhail hatte gelacht.

„Maestro, Sie spielen und unterrichten Schubert auf allerhöchstem Niveau und durch Sie habe ich gelernt, dass Schubert ganz große Musik geschrieben hat. Aber es gibt auch andere ganz große Komponisten und ich glaube, auch Sie gehören dazu."

„Nun lassen Sie mal", hatte sich Mikhail wiederholt. „Ich kann das sowieso nicht beurteilen, dazu bin ich viel zu nah dran. Ich werde noch einmal darüber nachdenken. Einverstanden?"

Kim hatte genickt.

„Wie auch immer, nun zum dritten Satz der G-Dur-Sonate."

Und Kim hatte mit noch immer geröteten Wangen angefangen. Wie zart sie das Trio des dritten Satzes gespielt hatte! „Molto ligato" hatte Schubert dort notiert und auch das hatte sie in der Tat besser umgesetzt als alle anderen Schüler vor ihr. Der Wind pfiff stärker. Mikhail fröstelte, aber er ging weiter. Wie hatte Claudia auf sein Fragment reagiert?

„Schön", hatte sie gesagt und sich dann verbessert. „Wirklich schön." Aber dann etwas später: „Spielst Du mir auch noch die Fantaisie?" Nun, jeder Komponist freute sich darüber, wenn ein Stück von ihm gespielt werden sollte, aber in einer solchen Situation, unmittelbar nach einer Uraufführung, hatte ihm das schon einen Stich in die Magengegend versetzt.

Mikhail zwang sich, weiterzugehen, genauso, wie er sich wenige Minuten zuvor gezwungen hatte, an seine Unterrichtstätigkeit zu denken.

Was war mit Claudia? Alles merkwürdig. Musste er sich Sorgen machen? Der Chefarzt der Versepper Klinik hatte ihn angerufen, nachdem die Eingangsuntersuchungen erledigt waren. Er wäre ein psychosomatisch tätiger Internist, hatte er mitgeteilt. Er wäre für die eigentliche Kur zuständig. Manchmal kämen aber medizinische Fragen auf, die über den Kurauftrag hinausgingen Ob er denn auch andere Fachkollegen hinzuziehen könnte?

„Ja natürlich", hatte Mikhail geantwortet, „da geht es doch mit Sicherheit auch um Hormonbestimmungen wegen des Mittels, welches meine Frau einnimmt."

„Sicherlich auch das", hatte der Chefarzt gesagt, „ich denke auch noch an eine neurologische Untersuchung."

„Natürlich, und wenn es sein muss, das volle Programm", hatte Mikhail gesagt.

„Gut", hatte der Chefarzt gesagt, „dann werden wir Ihre Frau gründlichst durchchecken."

„Ja bitte", hatte Mikhail darauf geantwortet. „Und bitte sorgen Sie dafür, dass meine Frau wieder auf die Beine kommt. Sie ist nach meiner Ansicht völlig down."

„Ja natürlich, wir geben unser Bestes."

Was war mit Claudia? Irgendetwas war mit ihr geschehen.

Es waren nur noch wenige Tage bis zum Kurbeginn gewesen. Claudia hatte, als Mikhail nach Hause gekommen war, in der Küche gesessen mit Tränen in den Augen.

„Claudia, was ist denn?", hatte Mikhail gefragt und ihr zart über das Haar gestrichen.

Claudia war aufgestanden. „Ich mache mir einfach Sorgen. Was ist, wenn das histologische Ergebnis doch nicht richtig ist?"

„Claudia", hatte Mikhail gesagt. „Da ist doch nicht nur eine Untersuchung erfolgt, Du hast doch ganz viele Untersuchungen hinter Dir."

„Und wenn ich mir die Brüste abnehmen lasse?"

„Claudia." Mikhail hatte durchgeatmet und sich gezwungen, ruhig zu sprechen. „Keine Schnellschüsse. Keine Panik. So etwas macht man nicht ohne Not. Außerdem würde sich kein Arzt dazu hergeben."

Claudia hatte zunächst geschwiegen. „Und wenn die Diagnose doch nicht stimmt?"

„Claudia", hatte Mikhail gesagt, „noch einmal: Keine Panik. Ich meine mich zu erinnern, dass Professor Alberti Dich nach einem halben Jahr wieder untersuchen wollte. Wann wäre das?"

„Ich müsste nachsehen."

„Lass mich überlegen. Du hattest die Biopsie vor dem Semesterbeginn. Der liegt auch schon einige Monate zurück. Wie wäre es, wenn Du den Termin einfach vorzögest, das gäbe Dir dann Sicherheit. Soll ich mich um einen Termin unmittelbar nach Deiner Kur kümmern?"

„Wie Du meinst", hatte Claudia gesagt.

Mikhail blieb stehen. Das würde er lange nicht aus dem Kopf bekommen: An einem anderen Tag war er früher als sonst nach Hause gekommen. Die Tür zum Bad war nur angelehnt gewesen und Claudia hatte ihn nicht bemerkt. Da hatte sie gestanden, selbstvergessen, nur mit einem Schal über den Brüsten bekleidet, und die Nacktheit ihres Schoßes war neu gewesen, jungfräulich, knabenhaft. Ein grausamer, verstörender Anblick. Mikhail hatte die Wohnungstür noch einmal kurz geöffnet, sie laut hinter sich zugezogen und „Claudia?" gerufen. Erst dann hatte sie reagiert und die Badezimmertür geschlossen. Mikhail sah auf die Uhr. Es wurde Zeit. Er setzte sich in Bewegung. Musste man sich Sorgen machen? Musste, durfte, sollte, was für ein Quatsch! Er machte sich einfach Sorgen. Und nicht zu knapp.

„Ja, wir nähern uns dann ja dem Ende des Kurses", sagte Mikhail zu Stephen Summers. „Ich bin sehr zufrieden damit, wie Sie sich in die Wanderer-Fantasie eingearbeitet haben. Sie sind auf einem guten Weg. Dann beim nächsten Mal also der letzte Satz, das Allegro in C-Dur."
Stephen Summers stand auf und ging zur Tür des Übungsraums. „Danke, Professor."
Kim Schröder kam von dem Stuhl für wartende Schüler und setzte sich auf die Klavierbank. „Beim dritten Satz wollten Sie noch ins Feintuning einsteigen."
„Ja", sagte Mikhail, „viel ist da aber nicht mehr, ich denke, wir schaffen das locker in dieser Lektion."

„Das war wirklich schön", sagte Mikhail. „Beim nächsten Mal also der vierte und letzte Satz, das Allegretto. Ich finde, dass es von der Interpretation her der schwierigste Satz der G-Dur-Sonate ist. Wenn Sie beginnen, bitte stark akzentuieren. Stellen Sie sich vor, da sitzt der strenge Vater mit seiner Familie am Ess-Tisch. Früher war das so. Da durften die Kinder am Tisch nicht viel sagen. Jetzt spricht der strenge Vater etwas Bedeutungsvolles oder meint es zumindest. Aber der kleine Peter, der brabbelt dazwischen und will gar nicht aufhören. Ich spiele es mal an."
Kim stand auf und machte die Klavierbank frei.
„Hören Sie? So stelle ich mir das vor."

„Ja", sagte Kim. „Wenn ich diesen Satz spiele, werde ich immer an den kleinen Peter denken."

„Gut", sagte Mikhail. „Also Humor reinbringen. Nicht nur, aber auch."

„Ja, Maestro."

„Vielleicht noch mögliche technische Probleme vorab. Können Sie die Dezime des Eingangsakkordes mit der linken Hand greifen, das G-D-H?" Mikhail setzte sich um.

„Das geht eigentlich ganz gut", sagte Kim. „Ich musste ein wenig üben, aber ich muss kein Arpeggio nehmen."

„Gut", sagte Mikhail. „Aber wie ist das mit dem C bei dem nachfolgenden Akkord? Das dürfte nicht gehen."

„Das nehme ich einfach in die rechte Hand."

Mikhail winkte ab. „Wozu erkläre ich noch? Dann freue ich mich auf die nächste Stunde."

Kim stand auf. „Ich mich auch. Wirklich. Und Danke, Maestro." Sie ging zur Tür.

Die Fußgängerampel sprang auf Grün. Mikhail begann zu gehen, doch auf der Mitte der Straße blieb er stehen, drehte um und ging zurück. Die Abteikirche, nur wenige hundert Meter die Straße hoch! Eine Kerze für Claudia, ein Gebet.

G-Dur-Sonate, siebte Lektion

Mikhail saß vor dem Klavier im Übungsraum und stierte auf die Herstellerangabe unterhalb der Notenhalterung. „Grotrian-Steinweg" stand da. Die Steinwegs waren Brüder gewesen, einer war in Deutschland geblieben und hatte dort weiterproduziert, der andere war nach Amerika gegangen und hatte dort auch Klaviere und Flügel hergestellt. Erst Steinway, später Steinway & Sons. Aber was sollten jetzt solche Gedanken? Mikhail sah auf die Uhr. Noch zehn Minuten, dann käme Kim Schröder, danach Stephen Summers. Noch lange zehn Minuten, die er wohl herunterzählen musste. Unterrichten konnte er, bildlich gesprochen, auch im Vollrausch, aber dieses Dasitzen und Grübeln, das konnte er nicht.

Er hatte Claudia besucht. Sie hatten zusammen Kaffee getrunken, dann ein kleiner Spaziergang.
„Claudia, Du wirkst schon munterer als vorher."
„Ja, Mikhail, die tun hier richtig was für mich. Krankengymnastik, Geräte, Massage. Ich glaube, es war eine gute Idee mit der Kur." Claudia hatte gelächelt.
Aber dann die Besprechung.
„Herr Professor Ristau", hatte der Chefarzt der Kurklinik gesagt, „da haben sich doch einige Aspekte bei Ihrer Frau ergeben, die es zu besprechen gilt."
„Warum wollten Sie meine Frau nicht dabeihaben?", hatte Mikhail gefragt.
„Ihre Frau ist informiert", hatte der Chefarzt gesagt, „aber mehr global."
„Lassen Sie mich ausführen", hatte der Neurologe gesagt. „Ich hätte zunächst einmal eine Frage: Hat sich Ihre Frau in der letzten Zeit verändert, ich meine in der Summe, scheinbar unmerklich, mehr Schritt um Schritt?"
„Ja", hatte Mikhail gesagt, „so kam es mir vor."

Da hatten drei Herren vor und neben ihm gesessen, alle peinlich bemüht, keinen Tribunal-Charakter bei diesem Gespräch aufzubauen. Drei vielbeschäftigte Mediziner, die angeblich genug Zeit dafür hatten, sich ausführlich mit Mikhail zu unterhalten. Claudia hatte wohl VIP-Status. Lag das an ihm? Oder waren die drei einfach nur nervös gewesen, weil die Diagnose über die Anforderungen einer Kurklinik hinausging?

Es klopfte an der Tür. Die Dekanatssekretärin trat ein. „Herr Summers hat angerufen. Er hat mit Frau Schröder getauscht. Aber die S-Bahn hat Verspätung. Er kommt zehn Minuten später. Ein Stellwerksbrand", murmelte sie weiter, „da werden viele Menschen zu spät kommen."
„Danke", sagte Mikhail, „dann werde ich eben die zehn Minuten warten."
„Soll ich Ihnen so lange einen Kaffee bringen, Herr Professor Ristau?", fragte die Sekretärin, „Sie sehen müde aus."
„Ist schon gut", sagte Mikhail, „kein Problem, aber Danke für das Angebot."
„Wie Sie meinen." Die Sekretärin zog sich zurück.
Der Neurologe hatte weiter ausgeführt: „Da passt eigentlich alles zusammen, alles plausibel, alles stimmig." Er hatte einige Fachausdrücke verwendet, aber diese dann stets erläutert. „In der Summe muss Ihre Frau eine Anzahl kleiner Schlaganfälle erlitten haben, die aber klinisch stumm verliefen. Das heißt, keiner hat eine Relevanz bekommen, welche zur Sorge Anlass gab, keiner konnte hinsichtlich seiner Tragweite bemerkt werden."
Dann hatte der Radiologe seine Bilder gezeigt. „Das MRT: Sehen Sie, hier ein Herd, da ein Herd. Alles kleine Herde, aber die sind natürlich alle inaktiv, die arbeiten nicht."
„Was heißt das für meine Frau?", hatte Mikhail gefragt.

Es klopfte an der Tür, dann trat Stephen Summers ein. „Entschuldigung."

„Schon gut", sagte Mikhail, „ein Stellwerksbrand. Sie werden Stress gehabt haben."

„Ja", sagte Stephen Summers, „den habe ich gehabt."

„Vergessen Sie den Stress", sagte Mikhail. „Und nun zu Schubert. Ihre letzte Lektion der Wanderer-Fantasie. Das Allegro. Arbeiten wir weiter. Bitte." Mikhail wies auf die Klaviatur und Stephen Summers begann mit dem Allegro.

„Was heißt das für meine Frau?", hatte Mikhail gefragt.

„Sie müssen umdenken", hatte der Chefarzt der Kurklinik gesagt. „Eine Kur, die Ihnen Ihre Frau völlig wiederhergestellt zurückgibt, können wir nicht leisten."

„Also mit den Defekten leben?", hatte Mikhail gefragt.

„Ich fürchte schon", hatte der Chefarzt gesagt.

„Wie wird es weitergehen?", hatte Mikhail gefragt.

Der Chefarzt hatte mit den Schultern gezuckt. „Das lässt sich nicht genau vorhersagen."

„Weiter?" Stephen Summers hatte aufgehört zu spielen.

„Spielen Sie ruhig weiter", sagte Mikhail.

Stephen Summers spielte weiter und Mikhail versuchte, sich auf den Vortrag seines Schülers zu konzentrieren, bis er sich zum Eingreifen gezwungen sah.

„Ein schöner Vortrag heute und insgesamt eine Wanderer-Fantasie, auf die sich aufbauen lässt, Herr Summers."

„Danke, Professor."

„Was ich als sehr, sehr positiv herausstellen möchte", sagte Mikhail, „ist Folgendes: Ich denke, dass Schubert nicht unbedingt Ihr Lieblingskomponist ist. Aber wie Sie sich da reingekniet haben, daran gearbeitet haben und vor allen Dingen Rat angenommen haben, das fand ich sehr bemerkenswert. Ob Sie sich zu einem weiteren Schubert-Kurs einschreiben wollen, liegt bei Ihnen und ich will Ihre Entscheidung nicht beeinflussen. Das überlegen Sie bitte in Ruhe."

„Ich will ganz ehrlich sein", antwortete Stephen Summers. „Sie haben das klar durchschaut. Aber würden Sie noch einen weiteren Kurs anbieten, ich würde ihn gern machen."

„Dann schreiben Sie sich ein, wenn er im nächsten Jahr im Plan steht."

Was hatte er den drei Ärzten vorgeschlagen, die da mit ihm zusammensaßen, um Claudias Gesundheitszustand zu erörtern? „Ohne Ihnen zu nahe treten zu wollen und Ihre Kompetenzen hinterfragen zu wollen, könnten Sie verstehen, wenn ich noch jemanden anderen hinzuziehen könnte? Ich kenne einen Neurologen, er heißt Jan Kirchhoff, der hat einen Lehrstuhl in ..."

„Den kennen Sie?", hatte der Chefarzt gefragt. „Der ist ja eine ganz große Koryphäe."

„Ein alter Freund von mir", hatte Mikhail gesagt. Sicher, sie hatten mal eine Zeitlang einen guten Kontakt miteinander gehabt, aber dann hatte Jan den Lehrstuhl in der Landeshauptstadt bekommen und er seine Dozentur hier. Wann hatten sie sich zum letzten Mal gesehen – vor sieben oder vor acht Jahren? Wann hatten sie den letzten Kontakt gehabt? Das musste wohl zwei oder drei Jahre zurückliegen. Da hatte Mikhail kondoliert, als Doris ums Leben gekommen war.

„Wäre es nicht möglich, Herrn Kirchhoff die Befunde zu übermitteln? Ich meine, das geht doch heute per Internet ganz problemlos."

„Eine großartige Idee", hatte der Chefarzt gesagt und die beiden anderen Ärzte hatten genickt. Unglaublich erleichtert hatten sie alle gewirkt. Professor Jan Kirchhoff würde sich ihres Falles annehmen und ihnen Last von den Schultern nehmen.

„Danke, Professor." Stephen Summers hielt Mikhail seine Hand hin. Wie lange wohl schon?
Mikhail ergriff die Hand und drückte sie. „Herr Summers, alles Gute."
Stephen Summers ging zur Tür und verließ den Übungsraum. Kim Schröder kam herein.

„Frau Schröder, haben Sie vor der Tür gewartet?"
„Ich habe mir gedacht, es ist die letzte Lektion eines Kurses, da haben Sie mit dem Schüler noch etwas Abschließendes zu besprechen, so eine Art Resümee, das ist eigentlich eine Angelegenheit, die nur zwei Personen etwas angeht. Also habe ich draußen gewartet."
„Sehr rücksichtsvoll", sagte Mikhail, „sehr feinfühlig. Ich denke, genauso werden Sie jetzt den letzten Satz der G-Dur-Sonate spielen. Bitte." Er wies auf die Klavierbank.

„Sehr schön", sagte Mikhail. „Sie haben alles so umgesetzt wie wir es vorab besprochen haben. Sie haben auch an den kleinen Peter gedacht."
„Das habe ich." Kim lachte. „Aber gibt es noch etwas, was ich verbessern könnte?"
„Sie haben diesen Satz so gespielt", sagte Mikhail, „wie Sie es für richtig hielten, und es war gut, wirklich gut. Vielleicht hätte ich das eine oder andere anders gemacht. Aber Sie waren authentisch und haben alles gut herübergebracht. Kompliment."
„Danke, Maestro", sagte Kim und wurde ein bisschen rot.
Mikhail werte ab. „Ich denke, wenn alles so bleibt, werde ich einen weiteren Schubert-Kurs anbieten. Ich würde mich

freuen, Sie dann wieder begrüßen zu können. Sehen Sie einfach in den Plan und entscheiden Sie selbst."

„Maestro", sagte Kim Schröder, „ich würde mich auf einen weiteren Kurs sehr freuen."

„Kennen Sie die f-Moll-Fantasie?", fragte Mikhail, „es ist noch etwas Zeit."

„Nein." Kim schüttelte den Kopf.

„Eines der größten Werke Schuberts." Mikhail stand auf und holte Noten aus einem Regal. „Dieses Stück wird viel zu selten beachtet, weil es eben für vier Hände komponiert wurde. Wer spielt schon vierhändig Klavier? – Sie ‚Primo', ich ‚Secondo'?"

„Gern." Kim rutschte auf der Klavierbank nach rechts und Mikhail legte die Noten auf die Halterung. Dann bedeutete er Kim anzufangen.

„Stopp." Mikhail brach ab. „Wer pedaliert?"

„Ja, natürlich Sie", sagte Kim. Üblich war es, dass der Schüler ‚Primo' spielte, um sich in Szene setzen zu können, und der Lehrer ‚Secondo' begleitete und das Pedal übernahm.

„Sie pedalieren", sagte Mikhail.

„Upps", entfuhr es Kim. „Vom Blatt spielen und pedalieren."

„Das schaffen Sie locker", meinte Mikhail. „Also noch einmal und keine Angst davor. Sie können das, glauben Sie mir."

Die beiden fingen wieder an. Der erste Satz verging, sie kamen zum zweiten Satz. Die Melodie in Fis-Dur hob sich in die Höhe und verklang wieder, da brach Kim ab.

„Ich kann verstehen, dass Sie hier abbrechen", sagte Mikhail, „eigentlich könnte man diese Stelle immer wieder und immer wieder spielen." Dann sah er, dass Kim weinte, die Hände vor das Gesicht geschlagen, und ihre Schultern zuckten.

„Entschuldigung", murmelte er betroffen, „ich habe nicht gesehen, wie bewegt Sie sind."

Es dauerte nicht lange, dann nahm Kim die Hände vom Gesicht und versuchte ein Lächeln. „Tut mir leid", sagte sie. „Weiter?"

Mikhail schüttelte den Kopf. „Nein."

Sie schwiegen eine Weile, dann sagte Mikhail: „Ich muss mich entschuldigen. Ich habe Sie mit der f-Moll-Fantasie konfrontiert. Ich meinte, sie jetzt spielen zu müssen. Was habe ich Ihnen da zugemutet!"

„Maestro", sagte jetzt Kim, wieder gefasst. „Sie müssen sich nicht entschuldigen. Ich wurde gerade eingeholt. Eine Liebesgeschichte, eine unglückliche. Ich will Sie damit nicht belästigen, ich will nur mein Verhalten erläutern. Aber ich schäme mich."

„Wissen Sie was", sagte Mikhail langsam, „ich denke, ich kann nachvollziehen, dass so etwas schmerzt. Aber das wird vergehen. Sie sehen doch gut aus, Sie sind intelligent und haben eine Menge Empathie, das wird schon wieder." Er suchte nach einem Schlusswort. „Ich fand es jedenfalls schön, dass Sie diesen Kurs belegt haben und ihn erfolgreich abgeschlossen haben. Sogar sehr erfolgreich."

„Danke, Maestro." Kim stand auf.

Mikhail stand auch auf und streckte ihr seine Hand entgegen. „Alles Gute."

Kim nahm die Hand und drückte sie. „Danke." Dann ging sie zur Tür, während Mikhail nachdenklich die Noten ins Regal zurücklegte.

Die Fußgängerampel sprang auf Grün. Mikhail wollte sich in Bewegung setzen, doch da kam noch ein Auto herangefahren und weitere folgten. Mikhail blieb stehen. Er musste sich konzentrieren. Die Fußgängerampel war doch noch nicht umgesprungen. Was hatte er Kim Schröder zugemutet! Die hatte als Einzige weit und breit erkannt, warum Schubert die

Fis-Dur-Passage nicht hatte wiederholen lassen – eine einzigartige Melodie, zart, zerbrechlich und vergänglich. Wie egoistisch war er gewesen. Zu Hause angekommen, hängte er den Mantel in die Garderobe. Jan Kirchhoff, der hochdekorierte Neurologe. Wie dankbar waren doch die drei Ärzte in der Kurklinik gewesen, als er diesen Namen genannt hatte! Der Anrufbeantworter blinkte, Mikhail drückte auf die Ansage-Taste. „Mikhail, hier ist Jan. Ich habe die Befunde bekommen. Ich bin bis 19 Uhr erreichbar. Ich gebe Dir die Durchwahl, die ist ansonsten ‚top secret‘." Mikhail wählte die Nummer.

„Ja", hörte er nach einiger Zeit.
„Hier ist Mikhail, spreche ich mit Jan Kirchhoff?"
„Ja", hörte er, „Mikhail, gut, dass Du zurückrufst."
„Danke, Jan, dass Du Dich um Claudias Befunde gekümmert hast."
„Mikhail, das habe ich gerne getan. Wann hatten wir zuletzt Kontakt?"
„Ich denke, vor zwei oder drei Jahren. Da hatte ich kondoliert."
„Ja", sagte Jan knapp. „Aber jetzt zu den Befunden von Claudia. Ich habe alle angesehen. Die Ärzte in der Kurklinik haben gute Arbeit geleistet. Die Diagnose ist völlig klar. Deine Frau hatte wohl eine Unzahl kleiner Hirninfarkte."
„Wird das wieder?", fragte Mikhail.
„Wenn Hirngewebe zerstört ist", sagte Jan, „dann wird es durch Bindegewebe ersetzt. Da kann nichts regenerieren. Deine Frau, ich meine Claudia, wird Dir wie ein Chamäleon vorkommen, mal so, mal so. Nimm es nicht persönlich, das gehört zum Krankheitsbild."
„Kann man etwas machen?", fragte Mikhail.

„Wir haben hier vier große Studien laufen", sagte Jan. „Aber wenn ich ehrlich sein soll, kann man schon jetzt absehen, dass da nichts Positives herauskommen wird. Die vaskulären Läsionen sind nicht zu beeinflussen."

„Was wird werden?", fragte Mikhail.

„Entweder hören die Einschläge auf oder sie setzen sich fort, keiner kann das wissen." Jan machte eine Pause. „Es wird Dir nicht gefallen, wie ich mich ausdrücke."

„Nein", sagte Mikhail, „natürlich gefällt mir das nicht, was Du da sagst. Glaubst Du, Claudia wird dement?"

„In der Kurklinik haben sie verschiedene Tests gemacht. Die Scores waren eigentlich noch relativ gut, teilweise schon grenzwertig, aber von einer vaskulären Demenz kann man im Augenblick noch nicht sprechen. Ich kann Deine Frage daher nicht wirklich beantworten. Vielleicht bleibt es auf dem Niveau stehen, vielleicht geht es abwärts."

„Aber aufwärts wohl nicht?"

„Nein, aufwärts sicherlich nicht", sagte Jan, „das ist ganz klar."

„Mensch, Jan", rief Mikhail ins Telefon, „was soll ich tun?"

„Nichts kannst Du tun", antwortete Jan. „Du kannst nur abwarten."

Mikhail saß am Küchentisch und starrte auf die Tischdecke. Im Grunde hatte Jan Kirchhoff auch nichts anderes gesagt als die drei Ärzte in der Kurklinik und er war von einer schonungslosen Ehrlichkeit gewesen. Dann hatte er noch etwas anderes gesagt: „Weißt Du, Mikhail, das sage ich Dir jetzt als einem guten Freund. Wir sind ja beide das, was man als hochgezüchtete Kopfmenschen bezeichnen würde. Wir sind, sagen wir, Personen mit unglaublich hohen intellektuellen Ansprüchen an uns und an andere. Wenn jemand diesen Level nicht halten kann, dann sprechen wir von

Defiziten. Dass ein anderer Mensch uns einfach durch seine Anwesenheit, sein Dasein, etwas geben kann, gehört normalerweise nicht zu unserem Erfahrungsschatz. Hätte Doris diesen Unfall mit Defekten überlebt, ich hätte heulen können vor Glück."

Rondo, Allegro

Mikhail zog die Wohnungstür hinter sich zu und stellte seine Aktentasche im Arbeitszimmer ab. Auf dem Heimweg hatte er versucht, sich nicht zu hetzen. Die Fußgängerampel hatte noch auf Grün gestanden. Hätte er sich beeilt, hätte er die Straße noch überqueren können, aber er hatte sich gezwungen, langsamer zu gehen und auf die nächste Ampelphase zu warten. Was ihn erwartete, konnte er ohnehin nicht beeinflussen. „Claudia?", rief er.

„Hier." Claudia kam, eine Schürze umgebunden, aus der Küche. Sie küsste ihn leicht auf die Wange. „Und, wie war Dein Tag?"

„Eigentlich ganz schön", sagte Mikhail. „Ich habe versucht, es heute ruhiger angehen zu lassen. Ich glaube, daran muss ich noch arbeiten."

„Ich habe mal wieder gekocht", sagte Claudia und zog Mikhail in die Küche. „Nach bofrost-Essen war mir heute nicht. Zu eintönig." Sie öffnete den Backofen. Zwei Schüsseln und ein Schälchen standen darin. „Guck mal. Gedünstete Zucchini-Stiftchen, Rotbarschfilets und Senfsauce. Ein altes Rezept von mir. Ich habe schon einmal danach gekocht."

„Ich weiß", sagte Mikhail, „aber wenn ich mich nach so langer Zeit wieder an die Einzelheiten eines Kochrezeptes erinnern müsste, wäre ich aufgeschmissen. Aber Du konntest Dich spontan daran erinnern?"

„Ja", sagte Claudia. „Nur im Supermarkt haben sie schon wieder das Sortiment umgeräumt, da musste ich lange nach dem Dijon-Senf suchen. Sollen wir sofort essen?"

„Gerne."

„Kompliment", sagte Mikhail und legte sein Besteck neben den leeren Teller, „wirklich delikat. Die Zucchini-Stiftchen gar, aber noch bissfest und die Senfsauce pikant, aber nicht zu scharf. Drei Sterne, würde ich sagen."

„Jetzt übertreibst Du aber."

„Ich meine es ernst", sagte Mikhail und lächelte Claudia an, die mit dem Rücken zum Herd saß. „Moment." Dann stand er auf. Am Herd hinter Claudia brannte noch ein Lämpchen. Mikhail stellte eine Herdplatte ab.

„Was hast Du gemacht?", fragte Claudia, als Mikhail sich wieder gesetzt hatte.

Mikhail suchte nach den richtigen Worten. Er wollte Claudia nicht kränken. „Ich hatte gemeint, irgendetwas wäre mit dem Herd. Aber es war nichts."

„Was sollte mit dem Herd auch sein?" Claudias Stimme wurde scharf.

„Claudia, es war auch nichts." Mikhail ärgerte sich über sich selbst. Er hatte zu spontan gehandelt. Es wäre nicht darauf angekommen, wenn er mit dem Herd noch ein paar Minuten gewartet hätte.

„Sicher war etwas mit dem Herd."

„Claudia, ich will ehrlich sein. Ich habe soeben eine Herdplatte abgedreht. Ich wollte das ganz diskret tun, aber das ist mir wohl nicht gelungen."

„Das kann nicht sein." Claudia wurde lauter. „Der Herd war abgedreht."

„Der Backofen war abgedreht, aber die Herdplatte war es nicht. Aber das ist doch nicht schlimm."

„Der Herd war abgedreht." Claudia schrie jetzt, dann stand sie auf.

Mikhail stand gleichfalls auf. „Claudia, ich will Dir doch nichts. Ich habe einen Fehler gemacht. Ich entschuldige mich dafür. Aber was soll ich noch tun?"

„Der Herd war abgedreht." Claudia nahm eine Schüssel und warf sie zu Boden."

„Claudia, bitte." Jetzt wurde auch Mikhail laut.

„Du spionierst mir nach." Eine weitere Schüssel folgte.

„Claudia, lass das."

„Nein, ich lasse das nicht!" Das Schälchen mit den Resten der Senfsauce folgte.

Mikhail wollte Claudias Arme nehmen und versuchen, sie festzuhalten.

„Fass mich nicht an."

„Claudia, bitte beruhige Dich. Hinterher verletzt Du Dich noch."

Mikhail lag im Bett, die Augen offen, und starrte ins Dunkle. Er konnte nicht einschlafen. Die Tür des Gästezimmers stand offen und aus dem Schlafzimmer konnte Mikhail Claudias gleichmäßige Atemzüge hören. Das Gästezimmer – gut, dass sie eines hatten. Da brauchte er nicht auf dem Sofa zu schlafen. Zunächst hatte es nach einer Episode ausgesehen. Er schnarchte, hatte Claudia behauptet. Nun gut, dann ginge er eben für kurze Zeit ins Gästezimmer, hatte er gesagt, mit einem bisschen Nasenspray wäre das Problem wohl aus der Welt zu schaffen. Bei dem Gästezimmer als nächtlichem Domizil war es dann geblieben.

Der Raserei nach dem Abendessen war ein Weinkrampf gefolgt. „Mikhail", hatte Claudia kaum vernehmlich geschluchzt, „Mikhail, was ist nur?", und Mikhail hatte seine Hände auf Claudias Schultern gelegt. „Weißt Du was? Wir gehen jetzt ins Arbeitszimmer und ich spiele für Dich die Fantaisie. Und dann legst Du Dich einfach hin und wenn Dir später danach ist, ziehst Du Dir noch Deine Nachtsachen an", und Claudia hatte unter Tränen genickt.

Mikhail starrte weiter ins Dunkle.

...

Mikhail zog die Wohnungstür hinter sich zu und stellte seine Aktentasche im Arbeitszimmer ab. Auf dem Heimweg ein Umweg wegen Baumaßnahmen im Bereich der Fußgängerampel. Die orange-gelben Bauampeln waren anders getaktet als die normalen. Er sah auf die Uhr. Noch eine halbe Stunde bis zum Termin. „Claudia?", rief er.

Claudia kam aus dem Wohnzimmer. „Können wir?"

„Ja, natürlich, wir können." Das hatte Mikhail nicht erwartet. Er war sich nicht sicher gewesen, ob der Termin bei Dr. Grimmer nicht doch platzte. „Zu Fuß oder mit dem Auto? Dr. Grimmer hat Parkplätze vor seiner Kanzlei."

„Wie weit ist es?"

„Über die Fußgängerampel, allerdings mit einem kleinen Umweg, und dann noch ein paar Schritte. Ich denke, es sind insgesamt siebenhundert Meter."

„Dann zu Fuß."

„Allerhöchste Eisenbahn", hatte Dr. Grimmer Mikhail geraten. „Wenn es mit ihrer Frau schlimmer kommt, dann könnte es sein, dass sie nicht mehr als testierfähig angesehen wird. Dann haben Sie aber echte Lauferei. Amtsgericht, Betreuung und so weiter. Jeden Cent werden Sie nachweisen müssen. Gehört die Wohnung Ihnen gemeinsam?" Mikhail hatte bejaht. „Dann könnten Sie im Falle einer finanziellen Schieflage, man weiß ja nie, noch nicht einmal über Ihre gemeinsame Wohnung verfügen. Ich rate zur Eile." Mikhail hatte sich verabschiedet. „Danke, Herr Dr. Grimmer, und wenn Fragen aufkommen sollten ..."

„Für Sie jederzeit." Der Notar hatte ihm die Hand hingestreckt. „Rufen Sie einfach durch, wenn Sie Fragen haben. Aus Erfahrung: Ganz leicht dürfte es nicht werden, die Zustimmung Ihrer Frau zu erlangen."

„Claudia, wir brauchen für uns gegenseitig eine Generalvollmacht für den Fall, dass einem von uns etwas passiert", hatte er nach dem Abendessen zu Claudia gesagt. „Dazu brauchen wir aber eine notarielle Beurkundung." Mikhail hatte weiter ausgeführt, aber Claudia hatte nicht mehr zuhören wollen. „Du willst mich abschieben."

„Nein, Claudia, das will ich wirklich nicht, ich will nur alles für die Zukunft regeln."

„Du willst mich abschieben." Danach hatte sie bis zum heutigen Tag zwei Wochen nicht mehr mit ihm gesprochen, nur einen Zettel mit dem Termin hatte sie entgegengenommen.

„Frau Ristau, Herr Professor Ristau, nehmen Sie bitte noch ganz kurz im Wartezimmer Platz. Ich werde Herrn Dr. Grimmer sofort informieren, dass Sie da sind." Die Notariatssekretärin, die Höflichkeit in Person, zeigte auf einen kleinen Warteraum. „Kaffee, Tee, Wasser?"

„Danke", sagte Mikhail. „Was ist mit Dir, Claudia?"

„Danke", sagte Claudia.

„Kommen Sie mit." Der Notar war schnell erschienen. Er begrüßte die beiden und führte sie in sein Büro. „Ich will nur eben noch einige Akten weglegen." Er nahm einen Stoß Akten vom Schreibtisch und legte sie auf einen Beistelltisch. „Nehmen Sie doch bitte Platz." Er wies auf zwei Besucherstühle vor seinem Schreibtisch. „Ich beschäftige mich ja auch mit Mediation. Da waren gerade zwei Ärzte bei mir, die arbeiten schon fast zehn Jahre zusammen in einer Gemeinschaftspraxis. Der eine meint, er würde fast 60 Prozent des Umsatzes machen, und fühlt sich von seinem Kollegen ausgenutzt, der andere meint, er hätte für den Einstieg in diese Gemeinschaftspraxis zu viel bezahlt. Und wissen Sie, woran sich der Streit entzündet hat?"

„Erzählen Sie", sagte Mikhail.

„An einer nicht erhobenen Rechnung von 30 Euro.“

„Komplett gaga“, sagte Claudia.

„Ich gebe Ihnen recht“, sagte Dr. Grimmer. „Frau Ristau, Sie haben es auf den Punkt gebracht. Aber positiv an den beiden ist, dass sie wenigstens mediationsfähig sind. Ich habe da schon ganz anderes erlebt. Aber nun zu Ihnen. Sie wollen ja gegenseitig eine Generalvollmacht abschließen für den Fall, dass dem einen oder dem anderen etwas passiert. Ich finde das im Übrigen nicht nur sehr vernünftig, sondern aus meiner notariellen Sicht sogar unabdingbar. Ich habe also zwei Schriftsätze vorbereitet, den einen für Sie, Frau Ristau, den anderen für Sie, Herr Professor Ristau.“ Der Notar zog Papiere aus einer Mappe und legte sie vor Claudia und Mikhail. Dann führte er weiter aus. „Und wenn der jeweilige Bevollmächtigte ausfallen sollte, dann würde ich, wie gewünscht, in meiner Funktion als Notar als Ersatzbevollmächtigter tätig werden, da es bei Ihnen leider keine Familienmitglieder gibt, die eine solche Aufgabe übernehmen könnten.“

„Sie müssen aber noch Fragen stellen“, wandte Claudia ein.

„Was für Fragen?“ Dr. Grimmer verstand nicht sofort.

„Na, ob ich noch in der Lage bin, das hier zu unterschreiben.“ Dr. Grimmer schmunzelte. „Ich soll Ihre Testierfähigkeit überprüfen? Natürlich. Gern. Wie heißen Sie?“

„Claudia Ristau.“

„Wann sind Sie geboren?“

Claudia nannte ein Datum.

„Wo wohnen Sie?“

Claudia sagte eine Adresse.

„Und wer ist der Herr neben Ihnen?“

„Mein Mann, Mikhail Ristau, ein großer Pianist und ein großer Komponist.“

„Dann ist ja alles in Ordnung. Frau Ristau, ich erkläre Sie hiermit für testierfähig. Soll ich Ihren Mann auch auf seine Testierfähigkeit hin befragen?"

„Nicht nötig. Wo soll ich unterschreiben?"

„Ich muss beide Texte aus juristischen Gründen erst einmal vorlesen." Dr. Grimmer las vor. „Gibt es Einwände?"

„Nein", sagte Claudia, und Mikhail schüttelte den Kopf.

„So, dann bitte hier und noch einmal hier." Der Notar wendete die Seiten vor Claudia um. „Und jetzt Sie, Herr Professor Ristau."

Auch Mikhail unterschrieb zweimal.

„Was meine Kostennote betrifft, möchte ich Sie noch Folgendes fragen: Sie verfügen über eine Eigentumswohnung. Darf ich fragen, wie viele Quadratmeter sie hat?"

Mikhail nannte eine Zahl.

Dr. Grimmer machte sich eine Notiz. „Gut, dann lasse ich Ihnen die Vollmachten nebst Kopien und der Liquidation mit der Post zukommen."

„Müssen Sie etwas über das Barvermögen wissen?", fragte Claudia.

„Das lassen wir mal außen vor." Der Notar lächelte. „Ich bin ein großer Bewunderer Ihres Mannes."

„Professor Ristau ist mein Mann, Professor Alberti und Professor Kirchhoff sind meine behandelnden Ärzte, Dr. Wolters war mein Chefredakteur, Dr. Kimmig ist Mikhails Konzertagent und jetzt sind Sie, Herr Dr. Grimmer, der Notar: eine hochdekorierte Gesellschaft", sagte Claudia.

„Ihr Mann ist ein prominenter Musiker", sagte Dr. Grimmer, „aber wenn ich das einmal so sagen darf: Ihre Rezensionen und Interviews sind auch nicht von schlechten Eltern, so natürlich, so lebendig, wirklich aus dem Leben. Ich würde mir über die akademischen Titel keine Gedanken machen. Das haben Sie wirklich nicht nötig." Er stand auf. „So, dann haben wir ja alles erledigt." Er gab Claudia die Hand. „Gnädige Frau." Und zu Mikhail. „Herr Professor Ristau, und wenn sonst etwas ist, jederzeit."

Sie standen an der orange-gelben Ersatzampel und warteten. Claudia hatte sich bei Mikhail untergehakt. „Wenn ich daran denke, wie Du damals im Zug die Trauung vollzogen hast, so feierlich und doch so schlicht, das werde ich nie vergessen."
„Ja", sagte Mikhail, in Gedanken.
„Wenn Ihr bleiben werdet an meiner Rede, seid ihr in Wahrheit meine Jünger, und ihr werdet die Wahrheit erkennen und die Wahrheit wird euch freimachen", zitierte Claudia.
Die Ampel sprang auf Grün.

...

„Wenn es geht, gehen Sie zusammen einkaufen und kochen Sie gemeinsam", sagte Mikhail.
„Wir werden sehen, wie es geht", sagte Małgorzata, „es ist genug im Kühlschrank."
„Meine Handynummer haben Sie?"
„Ja natürlich."
„Ich bin ja nur zwei Tage weg", sagte Mikhail.
„Ich weiß", sagte Małgorzata. „Machen Sie sich nicht so viele Gedanken. Wir kommen schon klar."
„Ich war in der letzten Zeit nie weg", sagte Mikhail entschuldigend.
„Es wird Ihnen gut tun, Professor, Sie müssen mal raus."

„Nennen Sie mich einfach Małgorzata."
Małgorzata Wieniawski vom Pflegedienst 365plus, für drei Monate unter Vertrag.

„Unsere beste Kraft. Sie ist gerade frei geworden. Sie spricht perfekt Deutsch und hat auch, wie vereinbart, einen Führerschein. Länger wird es aber nicht gehen. Sie hat zu Hause zwei Enkel."

„Und wenn wir jemanden länger brauchen?"

„Dann kommt selbstverständlich eine andere Kraft."

„Und wenn es nicht geht?"

„Dann werden wir einen Weg finden. Normalerweise gewöhnen sich die Menschen an eine Pflegekraft. Wir verfügen über bestens geschultes Personal. Unsere Abbrecherquote liegt unter sechs Prozent."

Mikhail hatte den Vertrag unterschrieben. Wie würde Claudia reagieren?

„Und wenn die Lieferung mit den Inkontinenzartikeln kommt?"

„Wie immer. Ich werde die Sachen in den Schrank räumen und die Rechnung auf Ihren Schreibtisch legen."

Mikhail sah nach seinem Köfferchen. Er musste mit dem Kaffee aufpassen. Ab und zu schmerzte der Magen. Vielleicht kam er beim Workshop auf andere Gedanken. Die Situation war auch für ihn neu. Claudia im Schlafzimmer, Małgorzata im Gästezimmer und er auf einem Klappbett im Arbeitszimmer. Gut, dass sie ein Gästezimmer hatten. Die Unterlagen für den Workshop nicht vergessen. Nach dem Abendessen früh zu Bett, einmal richtig ausschlafen und nur Musik, den ganzen Tag. Die Zimmer im Gästehaus waren einfach, aber gemütlich. Vielleicht noch in der Abendsonne auf dem Balkon ein Glas Wein genießen, vielleicht auch nicht. Mal sehen.

„Ich nehme einen Schlüssel mit, den anderen hänge ich auf."

„Wann wollen Sie da sein, Professor?"

„Eigentlich sollte ich längst losgefahren sein."

„Ihre Schüler werden schon auf Sie warten. Sie sind sicher ein guter Lehrer."

„Na ja", sagte Mikhail, „aber ich gebe mir Mühe. Ich will mich nur eben noch von meiner Frau verabschieden."

„Tun Sie das. Heute hat sie keinen guten Tag."

„Claudia, ich fahre jetzt. Der Workshop wartet. Ich bin am Sonntagabend wieder zurück." Mikhail gab Claudia einen Kuss auf die Stirn.

„Du hast mich verstoßen."

„Nein, Claudia, wir sind nicht im Alten Testament." Mikhail strich ihr über das Haar.

„Du hast mich verstoßen."

„Ach, Claudia."

Trio, Andante

Mikhail blickte zur Decke. Wie im Rausch hatte er die letzten Minuten erlebt. Ein zufälliges Zusammentreffen im Gang des Gästehauses, ein kurzes Gespräch, eine leichte Berührung am Arm, darauf eine Umarmung, ein erster Kuss – „nicht im Flur" – im Zimmer ein zweiter, leidenschaftlich, als hätte ein Blitz eingeschlagen. Er zog Kim, die in seinem Arm lag, näher an sich. Kim küsste seine Wange, die Augen feucht, die Wimperntusche zerlaufen.

„Du weinst."

„Ich weine vor Glück. Der Mann meiner Träume hält mich im Arm."

Mikhail küsste die Tränen weg.

„Jetzt hast Du Wimperntusche an Deinen Lippen." Kim nahm ihren Zeigefinger.

Mikhail küsste sie auf den Mund. „Ohne Wimpertusche?"

Kim sah auf Mikhails Lippen und lachte. „Ohne Wimperntusche." Sie stockte. „Ich kann es noch gar nicht glauben. Ich fühle mich wie im Nebel, es ist so surreal."

„Sag nichts, bleib einfach in meinem Arm und lass mich Deine Nähe und Deinen Körper spüren."

Nach einer Weile. „Ich glaube es immer noch nicht."

Mikhail streichelte Kims Rücken. „Real?"

„Ja, wirklich real."

„Es ist schön, Dich zu streicheln, es ist schön, neben Dir zu liegen."

Kim setzte sich auf. „Als ich mich in Dich verliebt hatte, da warst Du so fern, so unerreichbar. Du der Maestro, ich die Schülerin. Es war solch eine schmachtende Liebe, wie soll ich es anders ausdrücken? Eine Liebe, die wohl für immer unerfüllt bliebe. Weißt Du, was ich alles gemacht habe? Ich bin zur Modeberatung gegangen und habe mir ein neues Outfit verpassen lassen. Ich habe Kurse besucht, wie ich mich benehme, wie ich mich damenhaft bewege, ich wollte nicht mehr wie ein Trampel daherkommen, ach ich weiß nicht mehr, was ich alles gemacht habe, obwohl ich wusste, dass meine Sehnsüchte sämtlich Fiktion bleiben würden. Und jetzt – ich weiß nicht, ob ich lachen oder weinen soll. Es war so spontan, so schön, und es ist immer noch schön, obwohl ich wahrscheinlich immer Probleme damit haben werde, Dich nicht mit ‚Maestro‘, sondern mit Deinem Vornamen anzureden.“

„Schön“, sagte Mikhail, „das ist der richtige Ausdruck, wunderschön.“

Kim legte sich wieder in Mikhails Arm. „Und als ich da auf der Klavierbank neben Dir saß und wir die f-Moll-Fantasie spielten, da kamen die Tränen einfach aus mir heraus.“

„Du hast mir von einer unglücklichen Liebe erzählt“, sagte Mikhail.

„Ja, das stimmte doch auch! Da saß der Mann, in den ich mich verliebt hatte, direkt neben mir auf der Klavierbank, sagen wir, vielleicht fünf Zentimeter entfernt. Und Du warst so verständnisvoll.“

„Das alles wusste ich nicht“, sagte Mikhail, „ich konnte doch nicht ahnen, dass diese Tränen mir galten.“

„Hätte ich davon in einer Lektion sprechen können?“

„Nein, natürlich nicht. Du hast recht. Das wäre wirklich nicht gegangen. Auf der anderen Seite hätte ich Dich auch nicht mit der f-Moll-Fantasie konfrontieren dürfen.“

„Dann wären die Tränen wahrscheinlich zu einem anderen Zeitpunkt gekommen.“

„Hast Du geschlafen?“ Kim schmiegte sich wieder an Mikhail. „Es war mehr ein wohliges Dösen.“

„Wie war das denn bei Dir, ich meine, mit mir?“

„Es war wohl alles unbewusst, bis gerade. Und dann kam es wie der Einschlag eines Blitzes, natürlich im positiven Sinn. Kim, ich stehe zehn Jahre vor der Pensionierung. Ich könnte Dein Vater sein."

Kim lachte „Mein Vater ist jünger als Du." Dann begann sie, Mikhail leidenschaftlich zu küssen. Sie holte Luft. „Mikhail. Trotz Deines hohen Alters, wie Du sagst, meinst Du nicht ...?"

...

„Schön, dass Du doch noch kommen konntest." Kim umarmte Mikhail.

„Im Augenblick ist viel zu organisieren. Ich hatte es Dir ja am Telefon gesagt. Ich habe Dir ein paar Blümchen mitgebracht." Mikhail zog das Blumenpapier auf. „Aber lass Dich noch einmal in den Arm nehmen." Ein langer Kuss folgte.

„Das sind aber schöne Blumen." Kim nahm die Blumen in die Hand.

„Ein bunter, fröhlicher Strauß. Ich freue mich, dass er Dir gefällt."

„Mikhail, ich weiß gar nicht mehr, wann ich zuletzt Blumen geschenkt bekommen habe. Oh, ich war so aufgeregt, bevor Du kamst."

„Aber Kim, wir sind uns doch nicht fremd."

„Eben deswegen. Warst Du nicht aufgeregt?"

Mikhail lachte. „Ja, ein bisschen Herzklopfen hatte ich schon, aber ich musste auf den Straßenverkehr achten." Er sah sich um. „Eine schöne Wohnung hast Du und sehr geschmackvoll eingerichtet."

„Manchmal ist es mir ein wenig zu eng", sagte Kim, „nur ein Zimmer und eine Küche, in der noch Platz für einen Tisch und zwei Stühle ist. Aber mehr geht nun einmal nicht. Außerdem zwingt es zum Aufräumen. Setz Dich auf den

Schreibtischstuhl oder aufs Sofa, besser gesagt, die Schlafcouch. Ich will eben die Blumen versorgen. In der Küche müsste eine Vase sein." Kim verschwand mit dem Blumenstrauß in der Küche.

„Die Blumen stelle ich erst einmal auf den Schreibtisch. Mikhail, ich habe Kuchen besorgt. Möchtest Du ein Stück?"

„Was hast Du denn gekauft?"

„Puddingteilchen, magst Du so etwas?"

„Sag mal, Kim, könnten wir uns nicht ein Stück teilen?"

„Eine gute Idee. Wie ist es mit Kaffee?"

„Hast Du schon welchen gekocht?"

„Nein, noch nicht."

„Dann lass es doch, setz Dich einfach neben mich aufs Sofa. Am liebsten würde ich jetzt ganz still mit Dir dasitzen und Händchen halten wie ein Teenager."

„Bist Du noch aufgeregt?" Mikhail legte seine Arme um Kim und küsste sie auf den Nacken.

„Nein, gar nicht mehr, aber Du hast eine merkwürdige Auffassung vom Händchenhalten."

„Ich habe nur meine Hände auf Deine Brust gelegt."

„Sie könnte größer sein."

„Ich finde sie sehr schön, auch wenn ich sie im Augenblick nur fühlen kann." Mikhail küsste Kim erneut auf den Nacken,

...

Mikhail hatte Kim abgeholt. „Lass uns lieber etwas weiter entfernt spazieren gehen, nicht so nahe an der Hochschule. Ich kenne da eine schöne Gegend, ein kleiner See, ab und zu eine Bank, eine Gelegenheit zum Kaffeetrinken ..."

Sie hatten den See halb umrundet. „Ich finde es immer spannend, wenn Du etwas über Musik erzählst", sagte Kim.

„Du musst sagen, wenn ich Dich langweile."

„Das tust Du überhaupt nicht. Es klingt so", Kim suchte nach Worten, „sagen wir, alles hat Hand und Fuß. Aber da ist noch mehr. Es klingt alles so ehrlich und nicht so aufgesetzt. Und auch so begeistert."

„Na ja", sagte Mikhail und nahm Kim an die Hand.

„Jetzt bist Du verlegen", sagte Kim.

„Du bist befangen." Mikhail blieb stehen und küsste Kim. Kim erwiderte den Kuss und lachte „Das nennen die Psychologen eine Übersprungshandlung."

„Erklär mir den Begriff." Mikhail nahm Kims Hand. Sie gingen weiter.

„Wenn Du Schubert spielst", sagte Kim, „dann ist da wirklich alles drin. Ich wusste bisher gar nicht, dass Schubert auch heiter und witzig komponiert hat. Und wenn Du bei Schubert vom Swing sprichst, so etwas habe noch nie gehört. Und das Andere, das Dunkle, das ist bei Dir nicht sentimental oder elegisch oder depressiv – das geht ganz tief. Mikhail, Du weißt, wovon Schubert spricht."

„Lass uns da vorne die Bank nehmen", sagte Mikhail.

Sie hatten sich gesetzt und eine Weile geschwiegen. „Es war in Moskau", begann Mikhail. „Ich war da zur Ausbildung. Ein Stipendium des Arbeiter- und Bauernstaates, in dem ich aufgewachsen bin. Es war eine sehr gute Ausbildung, ich nenne sie gerne brutal gut. Aber ob das der Grund war oder die Fremde, in der ich war, oder etwas ganz anderes, ich weiß es bis heute nicht; auf alle Fälle war mir das Ich-Selbst abhandengekommen. Um es anders zu sagen: Ich fühlte mich dieser Welt nicht mehr zugehörig. Ich war aber auch nicht in der Lage, sie zu verlassen, ich habe in dieser Richtung nichts unternommen. Ich habe mich dafür oft getadelt. Noch nicht einmal das schaffst Du, habe ich mir gesagt. Es waren ziemliche Qualen. Nun, diese Phase ging irgendwann vorbei. Dann kam eine zweite, ganz merkwürdige Phase, in der ich mich schmerzlich an die erste erinnerte. Und schließlich kam eine weitere Phase, die bis heute anhält – eine Phase, in der ich Gott dafür dankbar bin, dass er seine Hände schützend über mich gehalten hat, wenngleich ich nicht mit allem einverstanden bin, was er mit anderen Menschen geschehen lässt." Mikhail machte eine Pause.

„Kim, ich habe das noch keinem Menschen erzählt, ich habe das überhaupt nicht erzählen können. Soeben ist es mir noch nicht einmal schwergefallen. Aber es tut mir leid, ich wollte Dich damit nicht belasten."

„Mikhail", sagte Kim nach einer Weile und streichelte seine Wange. „Ich war irgendwie darauf vorbereitet. Weißt Du, nicht konkret. Aber man hört es doch, wenn Du spielst."

„Kim, Du hörst es, Du fühlst es, Du hast eine ganz große Intuition, Du kannst solche Dinge erahnen."

„Na ja", sagte Kim.

„Kim, Du bist die beste Schülerin, die ich je hatte."

„Na ja", wiederholte Kim und ergriff Mikhails Hand. „Du bist befangen." Sie küsste ihn.

Zärtlich strich Mikhail ihr über das Haar. „Ich weiß jetzt, dass man so etwas eine Übersprungshandlung nennt."

...

„Kim, bist Du es? Ich habe keinen guten Empfang, ich rufe vom Handy aus an." – „Eigentlich waren wir ja verabredet, aber es geht leider nicht." – „Ja, sie ist gestürzt, eine Fraktur am Arm, da kommt eine Platte rein." – „Ich finde es auch schade, wirklich schade. Ich melde mich, sobald es wieder geht."

...

„Ich bekomme es nicht hin." Mikhail drehte sich auf den Rücken.

Kim küsste ihn auf die Wange. „Ich fand es sehr schön, auch wenn Du vielleicht nicht auf Deine Kosten gekommen bist." Sie küsste ihn auf den Mund. „Aber quäl Dich doch nicht so. Du hast mit Sicherheit unendlich viele Gedanken im Kopf, schöne und weniger schöne."

Mikhail setzte sich auf die Kante der Schlafcouch und stützte den Kopf auf seine Hände. „Kim, ich weiß nicht mehr, was ich denken soll. Es kommt mir vor, als ob mir der Kopf platzt. Kim, was ist mit mir?"

Kim setzte sich neben Mikhail. „Mikhail, ich habe mich in Dein Leben gedrängt, besser, Euer Leben. Das war vielleicht egoistisch von mir, aber ich schäme mich nicht dafür und bereue es auch nicht. Ich wollte noch einmal mit Dir zusammen sein, aber ich muss Dir etwas sagen."

„Sag es."

„Mikhail, ich werde in eine andere Stadt gehen. Du bist der Mann, den ich immer lieben werde. Du hast Dich mir gegenüber geöffnet wie Du es wohl nie zuvor getan hast und ich habe das auch getan. Ich werde die Zeit mit Dir nie vergessen. Aber gleich werde ich in die Küche gehen und warten, bis Du Dich angezogen hast und die Wohnungstür hinter Dir zugezogen hast. Ich könnte nicht ertragen, Dich durch diese Tür gehen zu sehen, und ich möchte nicht, dass Du meine Tränen siehst."

Und dann hatte Kim ihren Bademantel übergeworfen und war in der Küche verschwunden und Mikhail hatte sich angezogen, hatte die Wohnungstür hinter sich zugezogen und war die Treppe heruntergegangen. Und dann hatte er die Haustür hinter sich ins Schloss fallen hören und war weitergegangen, bis er sich vor seinem Auto stehen sah. Und dann – irgendwie war er nach Hause gekommen.

Mikhail saß vor seinem Schreibtisch. Es war ruhig in der Wohnung. Claudia würde noch für ein paar Tage in der Klinik sein und Małgorzata war so lange zu ihren Enkeln gefahren. Mikhail betrachtete die Maserung der Schreibtischplatte.

Rondo da capo, Tempo primo

„Danke für den Kaffee." Mikhail stellte das Tablett im Zimmer der Dekanatssekretärin ab.

Die Sekretärin blickte von der Tastatur auf. „Aber das leere Geschirr brauchen Sie doch nicht zu bringen. Das hätte ich schon geholt."

„Ich denke, Sie haben genug zu tun", sagte Mikhail. „Das Dekanatssekretariat und noch zuständig für zig Professoren, eigentlich ein Unding."

„Es geht schon", sagte die Sekretärin und vertiefte sich wieder in ihre Tastatur, „man muss sich ja schließlich seine Brötchen verdienen."

„Auf Wiedersehen", sagte Mikhail.

„Auf Wiedersehen."

„Ich habe mit dem Agenten von Sergey Kuznetsov gesprochen", hatte die Sekretärin am Nachmittag zu ihm gesagt. „Es war gar nicht so leicht, den aufzuspüren, aber ich habe mich bei anderen Agenten durchgefragt. Aber in der besagten Angelegenheit ist da leider gar nichts zu machen."

„Das ist bedauerlich, aber nicht zu ändern", hatte Mikhail geantwortet. „Aber trotzdem vielen Dank."

„Sie sehen müde aus", hatte die Sekretärin gesagt, „ich werde Ihnen jetzt einen Kaffee bringen, und bitte kein Aber."

„Wie Sie meinen", hatte Mikhail gesagt, „aber sehe ich wirklich so müde aus?"

„Ich werde Ihnen ein Kännchen bringen." Die Sekretärin hatte gelacht. „Haben Sie mal in den Spiegel gesehen?"

Natürlich hatte die Sekretärin recht.

Die Beihilfestelle: „Ist die Einrichtung beihilfefähig?"

Das Heim: „Um die Höherstufung der Pflegestufe kümmern wir uns selbstverständlich."

Die Beihilfestelle: „Bei Pflege müssen Sie jedes Blatt mit ‚P' kennzeichnen und ein gesondertes Antragsformular benutzen, bei akuten Sachen ist das anders, da müssen Sie das ‚P‘ weglassen."

Die Konzertagentur, Dr. Kimmig: „Ich kann im Augenblick nicht konzertieren, meiner Frau geht es nicht gut."

„Das tut mir leid. Ist es denn etwas Schlimmes?" Mikhail hatte ausgeführt.

Dr. Kimmig, ganz verständnisvoll: „Kein Problem, ich respektiere das natürlich. Das ist ja ein wirklicher Schicksalsschlag. Ich würde aber Folgendes vorschlagen. Ich werde Sie einmal im Jahr anrufen, ob es wieder geht, aber in keinster Weise Druck auf Sie ausüben. Wissen Sie, manchmal kann es auch ganz gut tun, wenn man wieder in den Konzertsaal tritt."

Mikhail saß am Schreibtisch. Der Heimweg, die Ampel, die Wohnungstür, eine jetzt ruhige Wohnung. Mit Tränen in den Augen hatte sich Małgorzata verabschiedet. „Alles Gute, Professor."

„Alles Gute, Małgorzata. Und vielen Dank, dass Sie den Umzug meiner Frau ins Heim organisiert haben, das hätte ich nicht gekonnt.

„Kein Problem damit. Und vielen Dank nochmal für den Briefumschlag. Sie waren sehr großzügig."

„Es war sicher nicht immer leicht für Sie."

„Das ist mein Beruf." Małgorzata hatte abgewinkt. „Aber die arme Claudia."

„Ja, weiß Gott." Mikhail hatte genickt.

„Und, wie war Dein Tag?" Das würde er nie mehr hören. Keine ruhige Wohnung, eine verwaiste Wohnung. Mikhail stand auf und zog Noten aus dem Schrank. Die f-Moll-Fantasie. Schubert hatte sie für vier Hände komponiert. Eigentlich war es gar nicht so schlecht, dass dieser Sergey

Kuznetsov seine Bearbeitung für zwei Hände nicht herausrücken wollte. Sicher wollte er noch eine CD einspielen und die Notentexte publizieren. Aber das bot ihm, Mikhail, die Chance, zu arbeiten, zu arbeiten und zu arbeiten. Die f-Moll-Fantasie für zwei Hände, das war eine Herausforderung. Wie schön die Fis-Dur-Passage im zweiten Satz, bei der Kim geweint hatte. Wie Hammerschläge die schrillen Dissonanzen kurz vor dem Schluss und dann, ersterbend, die beiden letzten Akkorde. Nachdem er von Moskau erzählt hatte, da hatte Kim ganz einfach gesagt: „Aber man hört es doch, wenn Du spielst."

Was durfte er denken? Claudia – Kim. Oder doch Kim – Claudia? Welche Reihenfolge, welche Inhalte? Eine Psychotherapie machen? Aus einer solchen Praxis herauskommen und gesehen werden: „Guck mal, Schubert muss sich auf die Couch legen, kein Wunder bei der Musik."
An einen älteren männlichen Therapeuten geraten? „Aber das ist doch kein Problem. Eine Geliebte zu haben, das ist doch völlig normal." „Aber das *ist* doch keine Geliebte", hätte er gebrüllt, „das ist doch Kim." Und dann hätte er sich kleinlaut korrigieren müssen. „Das *war* doch."
An eine weibliche Therapeutin geraten, jung, professionell, die Haare glatt hinter den Ohren zusammengebunden? Sie würde sich Notizen machen und sich insgeheim sagen: „Da hat sich der alte Sack mit seinem Johannistrieb an eine blutjunge Schülerin herangemacht."

Das Interview, das sie beide zusammengeführt hatte, Claudia in den Rockies, Claudia in Ihringen. „Wenn ihr bleiben werdet an meiner Rede." Mikhail wischte sich die Augen. Keine Larmoyanz, keine Tristesse! Er legte den Notenband mit der f-Moll-Fantasie beiseite. Die würde er bald bearbeiten. Er zog die Noten, an denen er zuletzt gearbeitet hatte, heraus. Das siebte Klavierstück. „Sieben Klavierstücke" würde er diesen Zyklus nennen, aber wozu eigentlich? Er würde ihn nicht publizieren. Sechs Stücke hatte er fertig. Was hieß fertig? Wahrscheinlich hingehauen. Er musste noch einmal sehr genau redigieren und irgendwelchen musikalischen Schrott aussortieren. Ab und zu las man, dass Künstler in Krisen ihre besten Arbeiten geschaffen hatten. Aber das war bei ihm wohl nicht der Fall. Trotzdem wollte er das siebte Stück noch fertigschreiben, eigentlich ein Nocturne. Wie kam er vom ersten Teil zum Mittelteil?

Mikhail sah auf die Uhr. Zwölf Uhr, da hatte er noch eineinhalb Stunden bis zum Bett. Er setzte sich ans Klavier und zog die Kopfhörer auf. Die Silent-Technik machte es möglich, auch nachts Klavier spielen zu können. Der erste Teil in Ges-Dur, eine schöne Tonart. Wie kam er denn jetzt in den Mittelteil? Der Rhythmus, die Klangfolgen, alles war schon in seinem Kopf, aber in welcher Tonart? Mikhail überlegte. Wie hätte es Schubert gemacht? Da musste er jetzt wohl eine Anleihe machen: Zunächst die Oktave auf Ges, dann diese Oktave auf die Dezime, auf B, verlängern und den vollen Ges-Dur-Akkord als Umkehrung notieren. Und dann? Ganz einfach. Den ganzen Akkord um das Ges, jetzt enharmonisch zu Fis verwechselt, um eine kleine Sekunde drehen, dann war man in h-Moll. Ja, genauso hätte es Schubert gemacht.

h-Moll, was für eine Tonart! In h-Moll hatte er noch nie geschrieben. Manche Künstler hatten diese Tonart gemieden, ja, sie geradezu gefürchtet, Schubert aber hatte mit h-Moll überhaupt keine Probleme gehabt. h-Moll, warum eigentlich nicht? – Nein, vor dieser Tonart musste er, Mikhail, sich wirklich nicht fürchten.

Bagatelle

Mikhail überlegte. Was sollte er als Widmung schreiben? „Für meinen geschätzten Kollegen Ivanovic." Das klang zu formal. Mikhail überlegte weiter, dann schrieb er: „Für Anton Ivanovic." Er legte die ausgedruckten Notenblätter in einen großen Umschlag, klebte ihn zu und legte ihn in seine Aktentasche.

Mikhail klingelte. Es dauerte eine Weile, dann wurde die Tür aufgedrückt. Mikhail ging eine Treppe hoch, oben stand Ivanovic. Er hatte zugelegt, schon früher war er ein wenig beleibt gewesen. Ivanovic drückte Mikhails Hand. „Schön, Herr Ristau, wirklich schön."

„Geht mir genauso, Herr Ivanovic", sagte Mikhail.

„Kommen Sie rein." Ivanovic schloss die Tür. „Wollen Sie ablegen?"

„Nein danke, mein Jackett behalte ich immer an."

„Ja natürlich", sagte Ivanovic.

Mikhail stellte seine Aktentasche ab und öffnete sie. „Ich habe Ihnen etwas mitgebracht." Er zog den DIN-A4-Briefumschlag aus der Tasche. „Früher hätte meine Frau das in Geschenkpapier eingepackt und dann über Eck Geschenkband aus einer Rolle herumdrapiert, aber das geht leider nicht mehr. So habe ich das einfach in einen Umschlag gepackt."

„Geschenkband darum und hinterher mit einer Schere daran ziehen, bis sich Löckchen bilden", sagte Ivanovic, „das hat meine Frau auch immer gemacht." Er öffnete den Umschlag. „Oh, eine Komposition. Von Ihnen? Für mich? Da steht ‚Für Anton Ivanovic' drauf. Wirklich für mich?"

„Für Sie", sagte Mikhail, „von mir. Eine Kleinigkeit, eine Bagatelle."

Ivanovic wirkte betreten. „Das habe ich noch nie erlebt. Ein großer Künstler widmet mir eine Arbeit."

„Eine Bagatelle für Klarinette und Klavier", sagte Mikhail, „aber ich glaube schon, ernsthaft komponiert."

„Davon gehe ich mal aus", sagte Ivanovic, „*Irgendetwas* haben Sie musikalisch noch nie gemacht."

Mikhail lächelte. „Ich hoffe, nicht."

„Darf ich?" Ivanovic legte zwei ausgedruckte Seiten auf einen Notenständer, der neben dem Klavier stand. „Für die A-Klarinette." Er nahm eine Klarinette vom Klavier und spielte einige Takte. „Jetzt aber zusammen."

Mikhail setzte sich an das Klavier.

„Das wird der Klavierpart sein." Ivanovic legte weitere Blätter auf die Notenhalterung des Klaviers. „Spielen wir?"

„Vom Blatt spielen ist nicht mehr meine Stärke", sagte Ivanovic, „aber ich werde mich einarbeiten."

„Lassen Sie sich Zeit", sagte Mikhail.

„Nachdenklich, aber auch heiter", sagte Ivanovic und nach einer Pause: „Aber da wird noch viel mehr drin sein, wie ich Sie kenne."

„Ja", sagte Mikhail, „aber für Klarinette und Klavier habe ich bisher nichts geschrieben."

„Kaffee?", fragte Ivanovic, „ich habe in einer Thermoskanne Kaffee vorbereitet.

„Gern."

„Milch und Zucker?", fragte Ivanovic.

„Wenn es möglich wäre", sagte Mikhail.

Ivanovic ging in die Küche und kam mit einem Tablett zurück.

„Der begabteste Gastgeber bin ich ja nicht." Er stellte das Tablett auf einem Tisch ab. „Kommen Sie, setzen wir uns." Er nahm Tassen, Untertassen und Löffel vom Tablett. „So, jetzt noch Milch und Zucker und die Thermoskanne."

Die beiden Herren nahmen am Tisch Platz.

„Dass Sie mir eine Komposition gewidmet haben." Ivanovic brach ab.

„Zunächst wollte ich ‚Für meinen geschätzten Kollegen Ivanovic' als Widmung schreiben", sagte Mikhail, „aber dann fand ich das zu formal, zu sachlich. Als ich das schrieb, ging es ja nicht um den Kollegen Ivanovic, sondern um Sie als Menschen."

„Als meine Frau gestorben war", sagte Ivanovic, „das liegt jetzt ja auch schon über sechs Jahre zurück, da wollte ich mir eigentlich die Kugel geben. Die Möglichkeiten dazu habe ich immer noch, ich habe eine Waffe und Munition – woher, fragen Sie bitte nicht. Aber dann waren da die Kinder und die Enkel, und die haben mir zu erkennen gegeben, dass ich für sie wichtig wäre. Ich weiß eigentlich gar nicht, warum, ich habe das früher nie bemerkt. Ehrlich gesagt, habe ich nie damit gerechnet."

„Meine Frau ist jetzt schon mehr als drei Jahre im Heim", sagte Mikhail, „davor war es manchmal furchtbar. Wir haben uns sogar angeschrien. Jetzt gehe ich nach dem Mittagessen immer ins Heim. Wissen Sie, schön ist es nicht, beim Essen zuzusehen. Mit körperlichen Dingen habe ich mich schon immer schwergetan. Aber wenn dann alles fertig ist, dann komme ich. Eigentlich tue ich nicht viel. Ich ziehe meinen Sessel neben den von Claudia, dann lege ich meine Hand auf ihren Scheitel und wir halten Mittagsschlaf, vielleicht für eine halbe, vielleicht für eine dreiviertel Stunde. Und wenn wir dann erwacht sind und uns den Schlaf aus den Augen gerieben haben, spiele ich für Claudia ein Stück, das ich vor langer Zeit für sie komponiert habe. Es heißt ‚Fantaisie'. Etwas anderes möchte sie gar nicht hören."

„Sie haben ein Klavier im Zimmer Ihrer Frau?" Ivanovics Stimme klang belegt.

„Es hat eine Menge Überzeugungsarbeit im Heim gekostet", sagte Mikhail. „Die wollten natürlich wissen, ob Claudia mit dem Klavier nicht die anderen Heimbewohner akustisch drangsalieren könnte, aber das tut sie nicht. Sie wartet immer nur darauf, dass ich das Stück spiele. Manchmal weint sie dann, manchmal auch nicht."

„Sie schließen mit Ihrem Stück eine Tür auf, die Ihre Frau erreicht. Mit Ihrer Musik. Schön." Ivanovic schwieg eine Weile. Dann fragte er: „Noch Kaffee?"

„Nein danke. Sollen wir noch etwas zusammen spielen?", fragte Mikhail.

„Als Sie sich nach meiner Einladung ankündigten, als unser Termin stand oder wie wir dieses Treffen auch immer bezeichnen würden", sagte Ivanovic, „da habe ich mir natürlich genau überlegt, was ich Ihnen zumuten könnte, was Ihnen Freude bereiten könnte. Kennen Sie die Sonate von Saint-Saëns für Klarinette und Klavier?"

„Ehrlich gesagt", antwortete Mikhail, „die kenne ich noch nicht."

„Dann spielen wir sie jetzt." Ivanovic legte Noten auf seinen Notenständer und in die Notenhalterung des Klaviers.

„Wirklich schön", sagte Mikhail. „Und das haben Sie für mich ausgesucht?"

„Ja", sagte Ivanovic, „aber ich spiele dieses Stück auch gern. Ein ganz alter Saint-Saëns hat es komponiert. Stellen Sie sich vor, sein Opus 167! Ganz unschuldig kommt es daher, aber es ist auch ein ‚Summing-up' seiner Komponisten-Laufbahn. Ganz unprätentiös, ganz einfach. Können Sie eigentlich, so wie es um Ihre Frau steht, überhaupt noch Schubert unterrichten, besser gesagt, sich in so tiefen Ebenen aufhalten?"

„Das geht", sagte Mikhail.

„Ich habe mich", sagte Ivanovic, „in meiner Unterrichtstätigkeit nie in solchen Ebenen aufgehalten. Etüden, klassische Werke, auch nie etwas, was sentimental interpretiert werden könnte. Spohr zum Beispiel ist gut, musikalisch gehaltvoll, aber er erreicht zumindest bei mir nicht die ganz tiefen, die existentiellen Ebenen."

„In der Regel Schubert", sagte Mikhail, „aber auch Chopin und Grieg, alle die großen Chromatiker. Ich kenne da keinen Selbstschutz, nur große Musik."

„Ich habe manchmal Angst davor gehabt", sagte Ivanovic. „Wenn man zu tiefe Ebenen erreicht und Schüler, besser gesagt, Schülerinnen unterrichtet, dann verlieben sich diese jungen Leute in die Musik, meinen aber, es wäre der Lehrer."

„Wenn ich das Vaterunser bete", sagte Mikhail, „und es kommt die Stelle ‚und führe uns nicht in Versuchung‘, dann können Sie sich gar nicht vorstellen, mit welcher Inbrunst ich das bete."

„Trinken wir noch etwas Kaffee", sagte Ivanovic und goss Kaffee aus der Thermoskanne in die Tassen. „Vertragen werden wir ihn wahrscheinlich nicht mehr um diese Tageszeit, aber was soll es eigentlich? Das ist, ehrlich gesagt, ein Luxusproblem."

„Das stimmt." Mikhail nickte.

„Wenn wir den Kaffee ausgetrunken haben", sagte Ivanovic, „spielen wir noch das Klarinettenkonzert von Mozart – nur für unsere Frauen. Welchen Klavierauszug wünschen Sie? Ich habe einen da für die B-Klarinette und einen für die A-Klarinette."

„Ich denke, der für die B-Klarinette ist für mich einfacher", sagte Mikhail, „aber eine wirklich gute Idee. Danke, Herr Ivanovic."

„Schon gut." Ivanovic berührte Mikhails Schulter. „Ich muss nur eben ein neues Blatt an meinem Mundstück befestigen."

Die Bank

Die Bank lag an einem Wanderweg, etwa auf halber Höhe zwischen dem Stausee und der Jugendherberge, einen kleinen Gang von vielleicht zehn Minuten von den Institutsgebäuden entfernt. Hier war es ruhig, anders als unten auf der Insel. Im Schwarzwald waren die Wanderwege mit metallenen Täfelchen markiert, hier war es anders. Hier war die Raute, die den Wanderweg symbolisierte, einfach mit weißer Farbe seitlich auf die Bank aufgemalt worden, praktisch und kostengünstig zugleich. Wem diente die Bank, die Markierung, wer wanderte schon auf diesem Weg? Eigentlich gab es in dieser Gegend keinen Wandertourismus, aber immerhin stellte diese Bank für ihn eine Rückzugsmöglichkeit dar, einen Ort der Ruhe, des Entspannens, eine Art Refugium. Mikhail saß in der letzten Zeit öfter hier. Ein wenig entspannen, dann zu Claudia und danach wieder in die Hochschule. Wenn er sich vorbeugte, konnte er den Stausee erblicken und das Dach der Abteikirche, etwas weiter entfernt die Rochus-Kapelle. Wandern im Schwarzwald, Hinterzarten, Ihringen – wie viele Jahre lag das zurück! Später hatten sie es noch einmal versucht. Ein Urlaub in Hinterzarten, ein kleiner Spaziergang. Der Bohlenweg im Hochmoor. Totale Blockade, keinen Schritt vor, keinen zurück.

Vor wenigen Tagen der Anruf von der Konzertagentur. Die Dekanatssekretärin hatte sich gemeldet. „Ein Herr Dr. Kimmig möchte Sie sprechen."
„Ja, stellen Sie durch."
„Herr Professor Ristau, Maestro, störe ich?"
„Nein, Sie stören nicht."
„Sie können sich gar nicht vorstellen, wie überwältigt ich war, als Sie Ihre Zustimmung signalisierten. Endlich, endlich dürfen wir Sie wieder einmal im Konzertsaal erleben. Wie schön für alle diejenigen, die große Musik lieben."

„Wo?", hatte Mikhail gefragt. Das Pathos in Dr. Kimmigs Stimme war zwar ungekünstelt dahergekommen, aber es war ihm peinlich gewesen.

„Ach ja, natürlich. Das Konzert findet in A... statt, im Martins-Stift. Ein kleiner Saal für maximal zweihundert Konzertbesucher, das dürfte Ihnen entgegenkommen."

„Da habe ich schon einmal gespielt", hatte Mikhail gesagt, „vor langer Zeit. Eine schöne Atmosphäre, eine gute Akustik."

„Ich freue mich, dass Sie sich erinnern", hatte Dr. Kimmig geantwortet und eine Jahreszahl genannt. „Was werden Sie spielen? Ich hoffe, Schubert."

„Sicher", hatte Mikhail gesagt, „das wird ja wohl von mir erwartet."

„Nein, Maestro, so habe ich es nicht gemeint. Ich könnte verstehen, wenn Sie nach diesem privaten Schicksalsschlag etwas anderes ... Ich meine nur, Sie sind nun einmal *die* Autorität auf diesem Gebiet." Dr. Kimmig hatte ein wenig den Faden verloren.

„Schon gut", hatte Mikhail gesagt. „Vor der Pause die vier Impromptus aus dem ersten Album und nach der Pause die G-Dur-Sonate, ich denke, das wird gehen."

„Großartig, wirklich großartig."

„Falls eine Zugabe gewünscht wird, werde ich etwas von Julian Fontana spielen, einem Komponisten, der völlig unter Wert gehandelt wird. Eigentlich kennt man ihn nur als Adlatus von Chopin."

„Falls eine Zugabe gewünscht wird – Maestro, Sie scherzen. Sie werden vor einem sehr, sehr sachkundigen und begeisterungsfähigen Publikum spielen. Wir haben eine überörtliche Anwaltssozietät, die sich die Förderung der Musik auf ihre Fahnen geschrieben hat, als Sponsor gewinnen können." Dr. Kimmig hatte den Namen einer bekannten Kanzlei genannt. „Aber warum wollen Sie nicht etwas von sich als Zugabe spielen? Sie haben mir gegenüber angedeutet, dass Sie in der letzten Zeit wieder zum Komponieren gekommen sind."

„Nein, auf keinen Fall."

„Schade, aber das muss man respektieren. Im Übrigen: Sie haben, wie bereits besprochen, mit dem obligaten Empfang nach dem Konzert nichts zu tun. Ich muss mich natürlich da blicken lassen, aber Ihre Heimreise ist bereits angedacht: Anstelle eines anonymen Taxis könnte meine Frau Sie nach Hause bringen, die würde sich Ihr Konzert natürlich nicht entgehen lassen. Rechnen Sie für die achtzig Kilometer eine gute Stunde, dann könnten Sie noch vor Mitternacht zu Hause sein. Und was die Hinfahrt betrifft ..." Dr. Kimmig hatte weiter ausgeführt.

Mikhail beugte sich vor. So konnte er einen Blick auf den Stausee, das Dach der Abteikirche und, etwas weiter entfernt, die Rochus-Kapelle werfen. Die Sonne wärmte. Diese Bank, ein schöner, ruhiger Ort zum Verweilen. Wann hatte er Kim getroffen? Vor zwei Wochen? Oder war es schon vier Wochen her? In der Nähe der Fußgängerampel war sie ihm entgegengekommen, einen Kinderwagen vor sich herschiebend. Kleine Hornbrille, schwarze Haare mit einem Stich ins rötliche, Kostüm – sie hatte sich nicht verändert. Ein Stich in der Magengrube, warum eigentlich? „Guten Tag, Kim."

„Guten Tag, Mikhail." Sie hatte ihn angesehen und gelächelt.

„Kim, was machst Du denn hier?"

„Eine Freundin besuchen, sie hatte ein Vorspiel."

„Davon habe ich gar nichts mitbekommen", hatte Mikhail gesagt.

„Nein, in einem anderen Fach. Sie spielt Bratsche."

„Ach so. Wie ist es denn gelaufen?"

„Sie wird die Stelle wohl bekommen."

„Und wie geht es Dir?", hatte Mikhail gefragt.

„Gut. Das hier ist Boris." Kim hatte auf den Kinderwagen gedeutet. „Im Augenblick schläft er."

„Wie alt ist Boris?"

„Fünfzehn Monate. Als ich mit ihm schwanger war, habe ich überlegt, wie ich ihn nennen sollte. Erst wollte ich ihn Mikhail nennen, aber das wäre gegenüber meinem Mann nicht fair gewesen."

„Nein, das wäre nicht fair gewesen", hatte Mikhail zugestimmt. „Ich habe gehört, dass Du inzwischen Dozentin geworden bist."

„Richtig, Dozentin. Mit ein wenig Glück kann ich weiter aufsteigen. Aber jetzt warten wir erst einmal auf Anna." Kim hatte auf ihren Bauch gezeigt. „In sechs Monaten ist es soweit, wenn alles gut geht."

„Glückwunsch", hatte Mikhail gesagt. „Für beides, für die Dozentin und für Anna. Und natürlich auch für Boris."

„Danke."

„Wir haben uns seitdem nicht mehr gesehen", hatte Mikhail gesagt.

Kim hatte ihn angesehen. „Vor vier Jahren und drei Monaten habe ich Dir gesagt, dass ich in eine andere Stadt gehen würde."

„Ja", hatte Mikhail gesagt. Dann, nach einer Pause: „Wir haben uns zum falschen Zeitpunkt kennengelernt."

„Keine Minute von den wenigen Stunden, die wir miteinander verbracht haben, möchte ich missen, keine Lektion von Dir, keine Umarmung, kein Gespräch", hatte Kim gesagt. „Diese kurze Zeit wird immer Teil meines Lebens bleiben. Sie hat viel mit mir gemacht."

„Mit mir auch." Mikhail machte noch einmal eine Pause. „Einmal wollte ich in ein Konzert von Dir gehen. Ich hatte schon die Karte gekauft, aber dann habe ich es doch nicht getan. Ich konnte es nicht."

„Ich glaube, ich kann es verstehen." Kim hatte ihren Kinderwagen zurückgezogen, um einem anderen Platz zu machen. „Ich hätte es auch nicht gekonnt. Ich habe mich manchmal gefragt, wie es wäre, wenn wir uns wiedersähen, wie es ablaufen würde."

„Ja", hatte Mikhail geantwortet, „genau so ist es mir auch gegangen. Aber so hat der Zufall uns geholfen."

Dann hatte sich Kim verabschiedet. „Mikhail, ich muss los. Die S-Bahn wartet nicht."

„Ja natürlich", hatte Mikhail gesagt und Kim alles Gute gewünscht. Dann hatte er ihr so lange nachgesehen, bis sie, ihren Kinderwagen Richtung S-Bahn schiebend, um eine Ecke verschwunden war.

Mikhail sah auf die Uhr. Es wurde Zeit, ins Heim zu Claudia zu gehen. Nach dem Mittagsschlaf würde er für sie die Fantaisie spielen. Bald würde auch sein neues Stück fertig sein. Ob Claudia diesen Walzer gerne hören würde? Aber zunächst würde er sich wie immer neben Claudia setzen, seine Hand auf ihren Kopf legen und versuchen, ihre Wärme zu spüren. Eine Stelle aus einem Buch kam ihm in den Sinn. Vielleicht hatte es auch anders dagestanden, aber so hatte er es in seiner Erinnerung: „Und manchmal war es ihm, als könnte er sich darüber freuen." Wo eigentlich hatte er das schon einmal gelesen? Mikhail stand auf.